다시,
　　대화가
필요한 시간

황유선 지음

# 다시,
# 대화가
# 필요한 시간

행복을 부르는 대화법

사람과 사람을 이어주고, 인간관계의 장벽을 허무는 대화법

황소북스

대화는 공부하는 것이 아니라 경험을 통해 체득하는 것이다.

이 책은 바로 그 풍부한 경험을 선사하는 나의 겸손한 선물이다. 다시 만나고 싶은 사람이 되는 대화를 할 수 있도록 말이다.

지금까지 수도 없는 사람들을 만나 이야기를 나누다 깨달은 것이 있다.

누구라도 대화에 관한 관심이 높다는 사실이다. 좀 더 정확히 말하자면, 지금보다는 대화를 좀 잘하고 싶다는 사람이 대부분이었다. 자신의 현재 대화 능력에 만족한다는 사람은 극히 드물었다. 딱히 대화 능력이 모자라지도 않고 어느 정도 준수한 말투를 구사하고 있는 사람조차 지금보다 대화를 더 잘할 수 있길 바랐다. 그러면서 대화를 잘하는 것은 소수의 사람들에게만 국한된 특별한 능력이라고 믿었다.

대화가 어려운 사람들, 대화를 잘해야 하는 사람들, 그리고 멋지게 대화하고 싶은 사람들이 이런 생각을 한다는 사실이 안타까웠다. 바로, 이 책을 쓰게 된 이유다.

사람들이 그토록 대화에 관심이 높은 이유는 대화가 우리 삶의 아주 큰 부분을 차지하기 때문이다. 정말이지 현실적인 이유다. 대화하지 않고 남과 더불어 살아가는 사람은 없다. 우리는 매일 대화하며 하루를 보낸다. 그 어떤 일상의 순간에도 대화가 빠지지 않는다. 대화 없이는 아무 일도 일어나기 어렵다.

기왕 매일 해야 하는 대화라면 잘하는 게 좋겠지만 대화에 자신감이 높은 사람 역시 드물다. 우리는 대화를 잘하는 것이야말로 평생 해결해야 하는 난제라고 여긴다. 대화를 잘하는 특별한 사람들이 있다고 짐작한다. 혹은 대화를 잘하는 것은 타고나는 것이라고 단정한다. 그렇지 못한 보통 사람들에게 대화란 영원히 어려운 과제쯤으로 인식된다. 대화가 필요할 때 지레 겁을 먹고 적당히 넘어가는 경우가 상당하다. 대화 상황에서 마음을 무겁게 누르는 부담감은 어쩔 수 없이 겪어야 하는 숙명이라고 받아들이며 말이다.

그래서 대화라는 이슈 앞에서 이렇게 말하는 사람이 많다.

"이제 와서 대화 잘해서 뭘 하겠어."

"이 나이에 대화를 잘하면 얼마나 더 잘하게 된다고."

"공부한다고 대화를 잘하게 될 리 없지. 게다가 공부는 이제 싫어."

이렇게 순순히 포기한다. 대세에 큰 지장이 없는 이상 대화 좀 못해도 상관없다고, 그리고 못해도 못하는 대로 살면 그만이라 며 미련을 던져버린다. 대화 좀 더 잘한다고 현재의 인생이 크게 바뀌지도 않을 것이라고 생각한다.

사실, 틀린 얘기는 아니다. 지금보다 대화를 좀 더 잘한다고 당장 어마어마한 부귀영화를 누릴 것도 아니며, 갑자기 인기가 치솟아 화려한 인맥을 쌓을 것도 아니다.

반대로, 다른 공부면 몰라도 대화 공부는 어렵지 않을 테니 책 읽어가며 대화 실력을 높이고자 노력하는 사람도 꽤 있다. 공통 적으로 그들은 '대화 잘하는 법'을 알려주는 지침서를 읽는다. 요즘은 또 유튜브 채널을 통해서 원하는 대화법을 보고 익히기 도 한다. 하지만 안타깝게도, 대화는 책으로 공부하는 것이 아니 다. 만일 교과서로 공부해서 대화를 잘하는 게 가능하다면 학창 시절 전교 1등 했던 학생은 사회에 나와 대화의 달인이 되었겠지만 실제로는 그렇지 않다.

바로 이런 현실을 보고 고민하는 과정에서 이 책이 탄생했다.

우리가 대화 공부를 하지 않도록 만드는 것이 이 책의 목표다.

아나운서와 커뮤니케이션 전공 대학교수 생활을 통해 깨달은 사실은, 대화는 공부한다고 해결되지 않으며 스스로 체득해야 한다는 것이었다. 대화를 잘하기 위해서는 무엇보다도 수많은 대화를 경험해보는 일이 가장 중요하다. 여러 상황에서 다양한 사람과 대화하며 시행착오를 겪어야 한다. 그리고 그들의 피드백을 받으며 대화의 수행 방식에 따른 결과를 확인해야 한다. 그러는 동안 자기도 모르게 대화에 대한 노하우가 차곡차곡 쌓인다. 이런 과정을 생략한 채 접하는 대화 지침서는 나의 소중한 시간과 노고를 낭비하는 물건이 될 수 있다.

현실적으로, 특정한 직업군이 아닌 일반 사람에게는 다양한 사람과 만나 대화할 기회가 적다. 우리는 갈수록 점점 나와 비슷한 사람들과 어울리며, 익숙한 사람들과의 편안한 대화에 스스로를 길들인다.

아나운서라는 직업을 가지면 각계각층의 사람들과 대화할 일이 많고, 그 대화를 반드시 잘해야 한다. 그래서 나는 대화에 관한 관심이 누구보다도 높았고, 대화를 잘하기 위해 늘 정성을 들였다. 그런 마음가짐으로 지위 고하를 막론하고 사회 다방면의 사람들을 만나 대화를 나눠왔다. 어려운 자리도 있었으며 불편하고 어색할 때도 많았다. 나를 당황스럽게 한 대화도 있고, 유쾌하게 만들어준 대화도 있었다. 우리가 살아가며 맞닥뜨릴 수 있는 어지간한 상황의 대화는 다 나눠봤다고 해도 과언이 아니다. 딱히 대화법을 가르치는 책을 찾아 읽은 적은 없지만, 어느새 나는 누구와 어떤 상황에서 대화하더라도 자신감을 잃지 않는 사람이 되었다. 그리고 사람을 만나면 어떻게 대화를 풀어가야 할지 미리 판단할 수 있게 되었다. 확실히, 대화는 경험을 통해서만 온전히 배울 수 있는 것이었다.

이렇게 대화를 충분히 경험할 기회가 없다면 훌륭한 간접 경험이 필요하다.

이 책에는 다양한 대화의 경험이 담겨 있다.

'이럴 땐 이렇게 말했고 저럴 땐 저렇게 말했더니 좋더라.'

'그럴 땐 이렇게 말했더니 안 좋았고, 저럴 땐 그렇게 말해서 대화를 망쳤더라.'

이런 식으로 잘된 대화와 잘못된 대화를 엿볼 수 있다. 재미있게 옆에서 지켜보는 느낌으로 대화를 간접 경험하는 동안 나도 모르는 사이 대화의 기술을 습득할 수 있을 것이다. 이 책을 읽는 독자들은 자신도 함께 현장에 참여하는 듯한 상황 속에서 대화를 더 잘하기 위한 팁을 얻을 수 있다. 그러면서 점점 대화에 대한 자신감을 키울 수 있길 기대한다.

2020년 12월

황유선

목
차

이렇게 들어야 깊어져요

아무 말이나 하지 마세요

이제 느낌으로 완성해봐요

4

그리고 나와 대화할 시간

묻기만 잘해도 이미 충분해 **"**

{          }

# 질문, 대화의 모든 것

질문만 잘해도 대화는 잘된다.

대화를 잘하고 싶다면 질문에 공을 들여야 한다.

좋은 질문, 좋은 대답, 알찬 대화는 선순환한다.

## 대화의 절반은 질문

한때 〈알쓸신잡〉이라는 프로그램이 굉장히 인기를 끌었다. 우리가 평소 잘 알지 못하는 다양하고 재미난 정보를 다루는 프로그램인데, 그 구성이 좀 특이했다. 출연진들의 자유로운 대화를 통해 여러 가지 정보를 전달하는 형식이었다. 그 때문에 이 프로그램은 지식의 향연이 이뤄지듯 출연진의 대화가 열정적으로 펼쳐졌다. 그런데 그 속에서도 유난히 돋보이는 역할이 있었다. 바로 설명보다는 질문에 무게중심을 두었던 유희열 씨다. 일반인의 시각에서 다른 출연자들에게 질문을 주로 던졌다. 만일, 그가 던지는 질문이 없었더라면 나머지 출연자들의 흥미로운 대화는 어쩌면 불가능했을지 모른다. 대화에서 질문은 그만큼 중요하다.

대화를 나누다 도중에 말이 끊기면 종종 난감해지곤 한다. 이런 상황이 발생하는 이유는 더 이상의 질문이 없어서다. 가만 생각해보면 대화의 절반은 내가 하는 질문이다. 나머지는 내가 하는 대답이다. 질문 없이 대화는 이어지지 못한다. 질문과 대답 없이 내 말만 한다면 대화가 아니라 독백이다.

다음은 일상적 대화에서 우리가 흔히 하는 질문이다.
"식사하셨어요?"
"그동안 어떻게 지내셨어요?"
"당신 생각은 어떤가요?"
"음식 맛은 괜찮나요?"
"안녕하세요?"
상대의 얼굴을 보자마자 이런 질문을 던진다.

별것 아닌 평범한 질문이라도 상대의 답이 없으면 소소한 대화조차 이어지지 않는다.
"그동안 잘 지내셨어요?"
"네"
"……"
"……"

상대는 대화하고 싶은 의지가 없거나 딱히 할 말이 없는 게 분명하다.

"예" 혹은 "아니요"라고 하는 대답 대신
"네, 덕분에 잘 지냈어요. 요즘 많이 추워졌네요. 옷은 따뜻하게 입으셨나요?"
이래야 질문과 대답이 탁구공처럼 오가며 대화가 이뤄진다.
상대의 답이 짧으면 긴 답을 유도하는 질문을 해야 한다.
"많이 바쁘셨던 것 같은데 주로 어떤 일을 하며 시간을 보내셨나요?"
이렇게 구체적으로 물으면 상대의 대답도 어쩔 수 없이 길어진다. 길어진 대답의 꼬투리를 잡고 또 구체적인 질문을 계속 던지다 보면 서서히 대화의 물꼬가 트인다.

이제부터 매일 보는 옆자리 동료와 대화를 이어가고 싶다면
"좋은 아침이야. 잘 지냈어요?" 대신
"오늘 표정이 밝네요. 주말엔 어떤 일을 했어요?"라고 물어야 한다.
일상에서의 대화는 이렇게 구체적인 질문만으로도 훌륭하게 완성된다.

듣기만 잘해도 이미 충분해

## 격식 있는 대화의 질문

하지만 좀 격식을 차려야 하는 대화라면 질문에 어떤 특별한 단어를 넣는 것이 결정적이다.

선망하는 직업인 판사 자리를 내던지고 오히려 직급이 더 낮은 방위사업청의 실무 담당 공무원으로 자리를 옮긴 지 1년이 채 안 됐던 정재민 팀장과의 대화가 바로 그랬다.

나는 그에게 이렇게 물었다.

"판사를 그만두고 직급도 낮춰 방위사업청 원가검증팀장으로 왔지요. 지금까지 후회는 없나요?"

내가 선택한 특별한 단어는 '후회'였다.

누구라도 자기 입에서 선뜻 쉽게 뱉어내기 어려운 단어가 후회다. 하지만 막상 후회라는 단어를 언급하는 순간 희한하게도 우리 마음속에 담아둔 속 얘기, 진심이 배어 나온다.

정 팀장의 대답은 아주 멋졌다.

"원하는 일을 지금 안 해보면 오히려 후회할 것 같았어요. 내 삶을 내 의도대로 변화시킨 것에 만족합니다. 사람이 살면서 자기 결정권을 행사하는 것이 중요하지요. 몇십 년을 살았는가보다 자기가 결정한 삶을 언제부터 살았는지가 삶의 길이를 결정한다고 생각합니다."

'후회'라는 단어를 넣은 질문으로 인해 대화의 격이 단숨에 올라가는 느낌이었다. 물론, 판사 시절 소설을 여러 편 출간한 정 팀장의 문학적 감성 덕분이기도 했지만 말이다.

내가 만일 그에게 이렇게 물었다면 어땠을까?

"판사를 그만두고 방위사업청으로 가셨는데 어떠세요?"

"⋯⋯."

분명 수십 번 들었던 질문일 것이다. 이런 질문을 듣는 순간, 그에게는 모범 답안을 또 내놓아야 할 것 같은 강박관념이 밀려왔을 것이다. 그리고 우리의 대화는 그저 그런 평범한 대화로 마무리됐을 가능성이 높다.

꼭 기억하자. 질문의 기술이 곧 대화의 기술이다.

좋은 질문은 어느 날 하늘에서 뚝 떨어지지 않는다.

상대와 대화 주제를 탐구하면 할수록

내 질문은 멋스러워진다.

멋진 질문은 이렇게 탄생한다

## 멋진 질문의 첫 단추

입사 면접에서 꼭 한 번씩 받는 질문이 있다.

"우리 회사에 대해 물어볼 것이 있나요?"

어쩌면 이 질문 하나로 합격, 불합격 여부가 판가름 날 수도 있다.

오랫동안 면접을 담당했던 인사라면 입사 지원자가 어떤 질문을 하는가에 따라 그의 인품, 자질, 성격, 능력까지도 간파할 수 있기 때문이다.

그만큼 어떤 질문을 하는가는 중요한 문제다.

그럼 멋진 질문을 하기 위한 비법이 있을까.

요긴한 방법이 하나 있다.

무조건 아는 게 많아야 한다는 것.

가히 경제 분야의 대가라고 할 수 있는 사모펀드 회사의 변양호 고문은 재정경제부 금융정책국장을 역임한 경제 엘리트다. 그와 대화를 시작하며 나는 이런 질문을 던졌다.

"정권이 바뀌면 경제 정책도 바뀝니다. 우리나라 경제를 결정하는 것은 정치인가요, 정책인가요?"

정치권 인사들의 경제자문 역도 맡았던 변 고문의 이력을 알았기에 남들이 흔히 묻지 않을 법한 질문을 건넬 수 있었다. 그는 이렇게 대답했다.

"흔히 공무원을 두고 영혼이 없다고 하는데, 영혼이 없는 게 아니라 가치 중립적 입장을 유지하는 것입니다. 예를 들어, 사회 간접 자본 확충과 복지 예산 증액 가운데 어떤 것을 우선할 것이냐는 가치 판단의 문제입니다. 이런 것은 정치와 국민이 판단하지요. 그런 다음, 구체적인 계획을 세우는 것이 바로 관료들의 일입니다."

정치와 경제 사이의 역학 관계를 단번에 정리한 명쾌한 답이었다.

정치가 경제에 어떤 영향을 미치느냐고 묻거나, 경제가 나쁘면 정치에도 악영향이 있냐고 물었다면 평범한 대화로 이어졌을 것이다. 이는 딱히 경제 분야에 대한 지식 없이도 할 수 있는 그저 그런 질문이기 때문이다. 이런 식상한 질문 대신 '경제를 결정하는 것이 정치인지 정책인지'라고 물을 수 있었던 것은 변양호 고문과 대화를 앞두고 그에 대한 배경지식을 많이 쌓은 덕분이다.

대화 상대와 주제를 잘 알면 알수록 양질의 질문이 나온다. 주제와 조금이라도 연관성 있는 내용은 대화의 배경지식이니 반드시 익혀두도록 하자. 어디에서도 들을 수 없는 참신하고 멋진 질문은 대개 풍부한 배경지식 속에서 나온다. 반면, 누구라도 건넬 수 있는 별 의미 없고 공허한 질문은 궁여지책에 불과하다.

'어라! 이 사람, 질문 참 좋군.'

이런 인상을 주고 싶었던 나는 변 고문과의 대화를 앞두고 가능한 한 많은 경제 분야 리서치를 했다. 또 행정고시 수석 합격이라는 화려한 타이틀 등 그가 걸어온 경력도 살폈다. 남들보다 한 단계 더 알아야만 더 좋은 질문을 만들 수 있기 때문이다.

# 질문의 센스

그런데 여기에 중요한 포인트가 있다.

정말 대화의 고수처럼 보이고 싶다면, 미리 공부를 많이 하고 온 티를 80퍼센트만 내보이라는 것. 연구해온 흔적이 너무 드러나면 대화 상대가 질려버릴 수 있다. 동시에, 대화를 위해 미리 공부를 어느 정도 했다는 티도 적당히 보여야 한다. 그러면 상대는 대화에 임하는 나의 열정에 감복할 것이다.

누구나 쉽게 떠올릴 수 있는 흔한 질문은 안 하느니만 못하다.

나만 건넬 수 있는 것이 멋진 질문이다. 대화 상대와 주제에 대해 찾아보고 읽어보고 공부할수록 세련된 질문이 나오고, 대화의 격은 올라간다.

"내가 일상에서 유명인을 만날 일이 한 번이나 있을까요?"

"만나더라도 그와 심도 있는 대화를 할 기회가 있을까요?"

지금 이런 질문이 머릿속에 떠오를 수 있다.

그렇더라도 예습을 통해 '나만 던질 수 있는 질문 만들기'는 필요하다. 내가 남들과 다른 특별한 대화 상대로 기억되고 싶다면 말이다.

가령, 친해지고 싶은 이웃이 강아지를 키운다고 가정해보자.

나만 할 수 있는 멋진 질문은 무엇이 있을까? 어떻게 그런 질문을 던질 수 있을까?

일단, 반려견에 대한 지식이 많아야 한다. 최근 나온 관련 뉴스도 익혀두면 유용하다. 이웃과 오가는 길에 독특하고 성의 있는 질문 하나를 툭 던질 수 있다면, 그와 둘도 없는 대화 상대가 되는 것은 시간문제다.

상대와 공감대가 없으면

대화의 핵심을 제대로 전달하지 못한다.

겉으로 빙빙 도는 얘기만 주고받다 끝나는 대화라면

진 빠지고 시간만 허비하게 된다.

심지어 '말주변 없는 사람'으로 전락해버릴 수도 있다.

## 일면식도 없는 사람과 공감대 만들기

낯선 사람을 만나 대화할 때, 어떻게 공감대를 만들 수 있을까. 게다가 생활 환경도 다르고 말도 잘 안 통하는 외국인이라면 더 난감하지 않을까.

네덜란드 헤이그 소재 국제사법회의의 크리스토프 베르나스코니 사무총장과 만났을 때의 일이다. 난생처음 만나는 사람이라 공통된 화제도 없고, 그의 인생철학이나 관심사에 대해서도 당연히 몰랐다. 하필 그와 나눌 대화 주제는 '국제 분쟁'이었다. 무겁고 어려웠다.

'이번 대화는 건조하고 재미없겠군.'

'영어로 얘기를 잘 풀어나가야 할 텐데.'

이런 생각을 하며 속으로 초조해했다.

이윽고 헤이그 국제사법회의 사무총장 사무실을 방문해 그를 만났다.

반갑게 인사하고 마주 앉았지만, 웃는 건 웃는 게 아니고 어색함의 극치였다. 이른바 아이스 브레이킹 시간이 왔다. 얼음을 깨듯 얼어붙은 분위기를 부드럽게 만들기 위한 담소의 시간이다. 대개 이 시간은 겉도는 이야기로 채워진다. 그렇지만 침묵하고 있는 것보다는 백배 낫다. 베르나스코니 사무총장은 네덜란드까지 온 낯선 동양인 여성에게 비행기 여행은 괜찮았는지, 음식은 맞는지, 네덜란드에 대한 인상은 어떤지 등을 물었다. 나 역시 모든 질문에 유쾌하게 대답하며 분위기를 띄웠다. 서로 공감 요소가 없으니 대화 분위기라도 밝게 만들 요량으로 말이다.

하지만 아이스 브레이킹 시간이 언제까지나 계속 이어질 수는 없는 법. 때를 봐서 본론으로 들어가야 제대로 된 대화가 시작된다. 아마 우리는 언제쯤 본론으로 들어가야 좋을지 속으로 서로 눈치를 보고 있었을 것이다.

나는 관념적인 차원보다 소소한 일상에서 공감 요소를 찾아보려 마음먹었다. 취미, 건강, 음식, 가족 이야기로 소재를 옮겨가던 중 '빙고!' 대단한 공감 요소를 발견했다. 베르나스코니 사무총장은 세 아이의 아빠였다. 그리고 나도 세 아이의 엄마였다.

이쯤에서 난 속으로 만세를 불렀다!

우리 사이에 크고 강한 공감대가 바로 만들어졌다. 세 아이를 키우는 것이 얼마나 어려운 일인가. 아이 셋을 가진 이 세상 모든 부모는 굳이 말 안 해도 통한다. 대화 분위기는 순식간에 화기애애해졌다. 사무총장 대 저널리스트의 사무적 만남이 아니고 애 셋을 가진 부모들의 담소가 된 셈이다.

그런 분위기 속에서 내가 물었다.

"한국은 지금까지 입양 아동 누적 수 1위로 '아동 수출국'이라는 오명을 안고 있어요. 여전히 적지 않은 아동의 국내외 입양이 이뤄지고 있고요."

이미 '부모'의 마음이라는 공감대가 이뤄진 터라 특히 이런 소재는 진정성 있는 대화로 이어질 수 있었다.

"입양을 얼마나 하는지 여부보다 그 과정에서 아동이 보호받을 수 있는 원칙과 장치를 잘 마련하는 것이 더 중요합니다. 헤이그 아동입양협약은 입양 과정을 투명하게 하고 출신국과 수령국 간 상호 협력을 강화해 아동이 중간에 오갈 곳 없어지는 상황이나 입양 재판 및 절차를 반복하는 걸 방지하지요."

31

비록 심각한 내용이었지만 베르나스코니 사무총장의 목소리에는 부모의 따뜻한 마음이 담겨 있었다. 딱딱하고 어려운 얘기였음에도 나 역시 부모 입장에서 몰입하고 공감하며 대화를 나눴다. 이후 이어진 무거운 대화 소재들도 각자의 마음에 콕콕 와닿았고, 우리는 진실되게 소통할 수 있었다. 겉도는 내용은 단 하나도 없었다. 대화가 다 끝난 뒤, 우리는 아이들 육아 얘기를 좀 더 나누다가 친구 같은 여운을 남긴 채 헤어졌다.

내실 있는 대화를 나누기 위해서는 공감대 형성이 중요하다.

공감대 형성은 어려운 상대와의 대화를 여는 첫 단추다.


## 어떻게 공감대를 만들까?

"공감하라!"

요즘 정말 자주 듣는 얘기다.

공감하는 리더십, 공감하는 대화, 공감하는 관계, 공감하는 글쓰기, 공감하는 말하기 등 공감을 안 하면 큰일이라도 날 듯 야단이다. 물론 대화에서도 공감은 중요하다.

하지만 누군들 공감하고 싶지 않아서 안 하는 게 아니다. 공감대를 잘 못 만드는 게 문제다. 마음속으로는 공감하는데 무슨 말을 어떻게 해야 그걸 표현할 수 있는지 모르겠고, 일단 좀 어색하다. 게다가 상대가 처음 만나는 사람이라면 뭘 어떻게 공감해야 할까. 상대하기 어려운 사람과 공감할 소재가 있기나 한가.

아무래도 공감대를 만들어낼 거리가 없어 보일 때, 이를 해결할 아주 간단한 방법이 있다.

상대방에게 일상적이고 기본적인 질문을 던져보는 것이다. 그러면 반드시 적어도 하나 이상의 공감거리가 생겨난다. 왜냐하면 사람 사는 모습은 누구나 다 비슷하기 때문이다.

예를 들어, 이런 소소한 질문을 건네면 공감 소재가 등장할 수 있다.

"지금까지 기억에 남는 여행지는 어디인가요?"

"혹시 취미가 무엇인가요?"

"반려견이나 고양이를 키우나요?"

"운동은 무엇을 좋아하시는지요?"

"챙겨 드시는 비타민은 무엇인가요?"


혹은 좀 더 관념적인 질문을 해도 좋다.

"인생관이나 인생철학을 듣고 싶네요."

"우리 삶의 중요한 가치관은 무엇일까요?"

"요즘의 남북 관계를 어떻게 생각하시는지요?"

"환경 문제가 점점 심각해진다고 보시나요?"

공감대를 만들려면 당연히 공감 소재를 찾는 노력이 있어야 한다. 처음에는 막막하겠지만 이런저런 질문을 생각하며 시간과 정성을 들이면 의외로 간단하다.

눈치코치의 능력자 되기

대화에도 눈치가 필요하다.

상대가 답하고 싶은 질문을 하는 게 눈치다.

눈치껏 질문할 줄 아는 것은 대화의 막강한 능력이다.

## 마음을 얻는 대화의 눈치

대화의 첫 질문은 중요하다.

첫 질문에 무엇을 묻는가에 따라 대화의 색깔이 결정된다.

첫 질문과 답이 잘 진행되면 대화도 잘 풀린다.

누군가를 만날 때는 흔히 '대화를 좀 잘해봐야지' 마음먹고는 질문을 대강 구상해놓는다. 그런데 정작 대화가 시작되면 준비한 첫 질문이 전혀 생뚱맞을 때가 있다. 그때부터 머릿속이 하얘지고 당황스럽다. 미리 준비한 내용이 다 소용없어지는 순간, 필연적으로 발휘해야 할 능력은 따로 있다.

눈치, '통밥', 센스, 감.

막막할 때 대화가 술술 풀릴 만한 질문을 만들어내는 능력이다.

눈치, '통밥', 센스, 감. 이런 게 없는 사람은 대화를 잘하지 못할까? 그런 건 아니니 절망할 필요 없다. 상대의 마음을 읽으면 된다. 즉, 상대가 대답하고 싶은 질문이 무엇인지 알아채는 데 집중하는 것이다.

'이 사람은 나와 어떤 얘기를 하고 싶을까?'

'이 사람이 지금 하고 싶은 얘기가 무엇일까?'

이렇게 상대 입장에서 생각해보고, 그런 답변을 내놓을 만한 질문을 던지는 것이다. 이것이 대화에서 필요한 '눈치'다.


사회과학 전공자로서 빅데이터 연구의 권위자인 박한우 교수를 만났다. 빅데이터라는 주제를 놓고 질문할 것도 많고 답할 내용도 많았지만, 나는 그가 어떤 얘기를 하고 싶어 할지 알 것 같았다. 그래서 이렇게 물었다.


"빅데이터 속에서 과연 가치를 찾아내고, 거기에 인문학적 가치를 부여할 수 있나요?"


그는 예상대로 정말 멋지게 답했다.


"지금은 데이터가 풍부한 시대입니다. 빅데이터의 실체는 디지털 세렌디피티입니다. 세렌디피티는 뜻밖의 발견, 의도하지 않은 발견을 의미하는데, 빅데이터는 그 디지털 세렌디피티를 실현하는 채널이고, 이러한 발견을 하는 것이 사회과학자들의 역할이지요."

우리는 흔히 빅데이터가 공학이나 수학 혹은 통계의 영역이라고 생각한다. 그러나 사회과학자인 박 교수는 빅데이터에 사회과학적 색채를 입혀 이야기하고 싶었던 것이다.

상대가 마음에 담아두고 있는 얘기를 내 질문을 통해 끄집어낼 수 있다면, 상대의 마음은 생각보다 쉽게 열린다. 나아가 상대가 신나서 얘기하는 상황이 되면, 그 대화의 결말은 걱정하지 않아도 좋다. 어쩌면 전혀 기대하지 않았던 이야기를 들을 기회가 생길 수도 있다.

## 아부와 눈치 사이를 가르는 선

그렇다고 상대 입맛에만 맞는 질문을 하라는 뜻은 아니다. 그건 대화가 아니고 아첨과 홍보 대행일 뿐이다. 눈치와 아부

사이의 균형을 찾아야 하는데, 여기에는 기준이 있다.

먼저, 시작부터 굳이 상대가 말하기 꺼리는 내용을 들쑤셔서 대화 분위기를 망치지 말라. 비록 정당한 질문이고 대화에 꼭 필요한 내용일지라도 말이다.

상대가 선뜻 내켜 하지 않을 것 같은 질문이라면 분위기가 무르익을 때까지 마음속에 꾹 담아두자. 대화 도중 무리한 질문을 하면 얻는 것보다 잃는 것이 훨씬 많다. 섣불리 대화가 단절될 위험을 감수할 필요는 없다. 대화 초반에는 이 점을 유념하며 균형을 유지해야 한다.

그리고 인간적으로 배려하는 모습을 보여라.

상대방 구미에 맞는 질문과 아첨은 분명 다르다. 괜히 불필요하게 날카롭고 허를 찌르는 질문은 삼가는 게 좋다. 인간적으로 소통하되 최소한의 윤리와 비판 의식이 담겨 있으면 그것으로 대화는 충분하다.


## 눈치 제로, 이건 금물

'행복'을 주제로 대담 인터뷰 대상자를 섭외할 때였다.

주한 네덜란드 대사 로디 엠브레흐츠가 떠올랐다. 잘 알려져 있다시피 네덜란드 국민의 행복지수는 세계 1위다. 따라서 그는 대담 인터뷰 대상으로 적격이었다. 그에게 내가 쓴 책《네덜란드 행복 육아》를 직접 전달해주었기에 안면도 있었다.

대사관으로 대담 인터뷰 가능성을 타진했다. 대사의 반응이 긍정적이었다. 대화에서 나눌 질문 리스트를 먼저 넘겨주기로 했다.

당시는 북한의 김한솔 망명 얘기가 국내외에서 회자되고 있었다. 언론에서는 네덜란드 대사와 김한솔의 망명 사이에 어떤 관계가 있을 것 같다는 추측 보도가 나올 때였다. 굉장히 민감한 외교·정치적 사안이었다. 로디 대사는 김한솔 얘기를 하지 않는다는 조건으로 대담 인터뷰를 거의 수락한 상태였다. 나 역시 그 얘기는 다루지 않겠다고 답했고, 주제와 관련 없는 김한솔 얘기를 굳이 꺼낼 이유도 없었다.

그런데 대사관에 질문지를 넘길 때, 그만 어리석은 실수를 하고 말았다.

김한솔 얘기는 아니지만 북한에 대한 질문을 하나 넣었던 것이다. 그 결과는 아주 냉혹했다. 대사관 측에서 대담 인터뷰를 할 수 없다며 모든 일정을 무산시켰다. 물론 취소한 이유가 오직 그 질문 하나 때문만은 아니었으리라 짐작되지만 말이다.

도대체 나는 왜 김한솔 망명 건으로 잔뜩 민감한 상황에 굳이 북한 관련 질문을 끼워 넣었을까. 행복을 주제로 오직 행복 이야기만 나누기로 해놓고, 로디 대사가 꺼리는 북한 관련 질문을 왜 추가했을까. 결과적으로 대사는 마음을 닫았고, 대화는 시작도 못해보고 끝났다.

세심할수록 강해지는 것

남들보다 한 번 더 고민해 던진 세심한 질문을 들을 때

상대는 대화에 흥미를 느낀다.

들려줄 얘기가 많은 '해볼 만한' 대화라고 인식한다.

세심한 질문은 대화의 실마리를 푸는 강력한 힘이고,

상대의 마음을 활짝 여는 마중물이다.

## 설마, 101번째 질문?

'내가 이만큼 당신한테 관심이 있다고요!'

대화 상대의 마음을 열기 위해서 그를 잘 아는 척할 때가 있다.

나쁘지 않다. 단, 그 시도가 어설프거나 식상하지 않다면 말이다.

가장 자주 범하는 실수는 상대가 100번도 더 들은 질문을 내가 101번째로 하는 것이다. 어떤 방면에서 능력을 검증받은 유명인이라면, 그 업적에 관해 비슷비슷한 질문을 지겹도록 듣는다. 그런데 아는 척한답시고 내가 똑같은 질문을 또 한다면?

'잘난' 상대는 물론 미소 지으며 대답하겠지만 그때부터 맥이 빠진다. 상대가 이미 대화에 흥미를 잃었기 때문이다. 하물며 칭찬도 세 번 들으면 식상한데 똑같은 질문을 누가 또 묻는다면 얼마나 지겨울까.

어렵고 어색한 상대와 대화할 때 가장 무난한 첫 질문은 상대의 업적에 관한 것이다. 본인이 잘한 일을 얘기하자는데 마다할 이유가 없다. 관심 가져주니 고마운 마음을 갖는다. 그렇지만 상대가 만나는 사람마다 같은 얘기를 반복해야 한다면, 그동안 그 업적에 대해 너무 많이 얘기해왔다면 상황이 다르다.

## 세심한 질문하기

너무도 유명한 시 〈희미한 옛사랑의 그림자〉를 쓴 김광규 시인을 만났다.

과거 그 시의 마지막 구절 "또 한 발짝 깊숙이 늪으로 발을 옮겼다"에 검열관이 빨간 줄을 그었다는 일화는 익히 알려진 사실이다. 그래서 시인에게 그 일에 관해 묻고 싶었다.

그런데 만일 내가 이렇게 물었다면 어땠을까.

"검열관이 빨간 줄을 왜 그었나요?"

"시에 빨간 줄을 그었을 때 기분이 어떠셨나요?"

"당대 분위기의 영향이 있었겠지요?"

자칫 맥 빠진 대화가 이어졌을지 모른다.

시인은 분명 이런 질문을 수도 없이 들었을 것이다. 그래서 나는 이렇게 질문했다.

"검열관이 그 구절에 빨간 줄을 그었는데, 실제로 그 '늪'은 무엇을 상징했나요?"

순간, 김광규 시인의 눈에 생기가 돌았다.

"늪은 멋모르고 들어갔다가 자꾸 빠져드는 곳이죠. 대략 40대에 접어들면 사람이 후줄근해집니다. 그때는 늪에 무릎까지 빠진 겁니다. 하지만 사람들은 자신이 늪으로 가고 있는지 알지 못합니다. 시간이 갈수록 자꾸 늪 속으로 빠져들어 결국은 죽고 말아요. 우리 인생이, 우리 사회가 바로 늪 아니겠습니까."

김광규 시인은 남들이 흔히 묻지 않는 '늪' 이야기를 통해 당시를 회상하는 듯했고, 대담 내내 시인의 감성을 새록새록 살려냈다. 이처럼 '늪'은 대화를 한층 더 깊게 끌어주는 매개체가 됐다.

그러니 질문할 때 한 꺼풀만 더 벗겨낸다는 자세가 필요하다.

남들보다 하나만 더 세심하게 생각하며 아는 척을 하자. 그런 정도의 관심만으로도 대화 상대의 마음을 열기에 차고 넘친다.

## 무심한 질문 금지

너무나 기본적인 사실은 묻지 않는 게 낫다. 만일 소기의 성과를 이루려는 목적 있는 대화라면 더욱 그렇다. 그건 예의가 아닐 뿐 아니라 자칫하면 상대에게 모멸감을 줄 수도 있다.

상대가 어떤 인물인지 제대로 연구도 하지 않고, 즉석에서 상대에 관해 묻고 대답을 들으려는 태도는 금물이다. 그러면 대화 상대는 마음의 문을 닫는다. 상대에 대한 탐구는 나 혼자, 그리고 대화에 앞서 미리 해야 하는 것임을 명심하자. 기본적인 정보는 이미 다 꿰고 있다는 가정하에 잘 알려지지 않은 세세한 것들에 관심을 보이면 상대는 자신이 존중받는다고 여기며 마음을 활짝 열게 된다. 사람의 마음은 다 비슷하다.

김광규 시인과 대화하던 중 꽤 잘 알려진 멋진 시구가 나왔는데, 만일 내가

"괜찮은 표현이네요. 어떤 시에 나온 거죠?"

이렇게 물었다면 어떻게 될까. 아마도 몇 초간 둘 사이에 정적이 흐를 것이며, 시인은 속으로 섭섭하다 못해 마음을 닫아버릴 수도 있다.

하지 말았어야 할 질문이다.

아무 생각 없는 형식적인 질문은 참아야 한다.

만일, 미혼인 대화 상대에게

"왜 결혼 안 하셨어요?"

이렇게 묻는다면 그것은 무심하다 못해 무례하다.

그 나름의 주관이 있고, 사연이 있고, 이유가 있을 테니 말이다. 그뿐 아니라 지극히 개인적인 이슈에 대해 그 누구도 함부로 이래라저래라 할 수는 없다.

세심하게 배려해서 하는 질문이라야 대화가 풍부해진다.

여기에서 한발 더 나아가 상대가

'어? 나한테 그런 면이 있었나?'

'나도 미처 몰랐던 얘기네.'

이런 생각을 하게 된다면 대화는 거의 성공한 것이나 다름없다. 대화는 매번 새로운 것이 좋다. 상대는 지금까지 수많은 사람과 얘기를 나눴을 텐데, 내가 그에게 새롭고 독특한 인상을 주었다면 나는 물론이거니와 나와의 대화 또한 그의 기억에 강하게 각인될 것이다.

대화에 승패는 없다.

대화의 주도권을 잡는 것이

인간관계의 승리라는 착각은 버리자.

똑똑한 상대한테 내가 듣고 싶은 이야기를

들을 수 있다면, 그게 바로 대화의 주도권이다.

무치함의 위풍당당 행진곡

## 모르니까 당당하다

　우리가 어떤 주제에 대해 잘 모르고 있으면, 대부분 그 대화를 절대 주도할 수 없다고 여긴다. 그래서 수동적인 입장이 되어 주로 상대의 이야기를 듣는다.

　그러나 대화의 주도권은 꼭 그렇게 흘러가지 않는다.

　대화 주제에 대해서 변변한 지식이 없을 때,

　"저는 사실 잘 모르겠어요."

　이렇게 말하는 것만으로도 대화를 주도할 수 있는 계기가 된다.

　"몰라요."

　이 한마디는 상대에게 적지 않은 부담을 안긴다. 내가 그 분야에 대해 아무것도 모른다며 백기를 흔들면 상대는 머릿속이 복잡해진다. 어디서부터 어떻게 설명해야 할지 망설이게 된다. 나아가 둘의 대화가 과연 제대로 이어질 수 있을지 근본적인 의문을 품는다. 심적으로 요동치는 쪽은 내가 아니라 지식이 많은 대화 상대인 것이다.

반면, 잘 모르는 나에게는 그때부터 대화가 오히려 수월해진다.

바로 이럴 때, 아무것도 모르는 어린아이처럼 내가 하고 싶은 이야기를 툭 던지거나, 내가 원하는 화두를 모르는 척 제시할 수 있다. 천진난만한 얼굴을 하고 말이다.

'난 아무것도 모르지만, 우리 이런 얘기를 해요.'

그런 메시지를 전달하기만 하면 성공이다. 아무것도 모르는 어린아이 앞에서는 제아무리 지식이 출중한 박사, 교수, 전문가라도 눈높이에 맞춰 얘기하기 마련이다. 아무것도 모르는 내 앞에서 굳이 대화 주도권을 잡으며 잘난 척할 의지가 사그라든다.

무지한 게 자랑은 아니지만, 흉도 아니다. 순진한 어린아이의 자세로 내가 듣고 싶은 얘기 위주로 대화를 풀어나가자. 그러면 결국 내가 분위기를 주도할 수 있다.

## '모른다'는 질문의 저력

내가 KBS 아나운서 생활을 할 때, 방송 도중 혼자 속으로 웃음을 참을 때가 종종 있었다. 예능이 아닌 교양 정보 프로그램을 진행할 때 더 그랬다.

진행자는 출연자보다 가능한 한 말을 적게 해야 한다. 그리고 출연자의 입을 통해 정보를 전달하도록 해야 한다. 그래서 아는 것도 모르는 척하고 순진한 표정으로 출연자에게 질문을 던지곤 했다. 그래야 진행이 매끄럽다. 심지어는 내가 아는 지식을 동원해 '나는 모른다'는 질문을 짜임새 있고 시기적절하게 잘 던질수록 훌륭한 진행자다. 한마디로, '모르는 척'을 재미있게 잘할 수 있는 능력이 요구되었다.

독일의 철학자이자 작가 괴테도 이렇게 말하지 않았던가.

"현명한 대답을 원한다면 합리적인 질문을 하라."

나는 그냥 괜찮은 질문만 상대에게 제시하면 된다. 상대가 현명한 대답으로 수준 높은 대화를 완성해줄 테니 말이다.

멋진 대화를 위해서라면 알고도 짐짓 모른 척 질문할 수 있다.

그러니 예컨대 잘 알지도 못하면서 경제 전문가 앞에서 경제 지수가 어떻고, 외환 시장이 어떻고, 안보 상태는 어떻고, 해외 시장 상황은 어떻고 하는 이야기가 다 무슨 소용이랴. 내가 듣고 싶은 이야기와 궁금한 주제를 상대로부터 소상히 들을 수 있는 질문을 잘 던지기만 해도 이미 성공한 대화다.

지피지기면 백전백승

대화를 매끄럽게 끌어가려면 먼저 상대에 대해 좀 알아야 한다. '지피지기면 백전백승'이란 말은 여기서 나왔다. 아무리 내가 어떤 분야에 대한 지식이 부족하다고 해도 상대의 상황을 알면 크게 부담스러울 것도 없다. 오히려 상대의 지식수준도 모른 채 자기 잘난 맛에 나섰다가는 낭패를 보기 십상이다. 우선 상대의 상황을 알고 거기에 맞는 태도만 잘 취해도 대화에서 큰 실패는 면할 수 있다.

어떤 대화 상대를 만났을 때, 처음에는 잠자코 들어주는 것이 좋다. 비록 내가 어설프게나마 아는 지식이 있고, 그것을 뽐내고 싶더라도 말이다. 상대가 하는 말을 듣고 있노라면 그가 어느 정도 수준으로 대화를 이끌어가려는지 알 수 있고, 지식의 깊이도 가늠할 수 있다. 즉, 상대를 어느 정도 파악하기 전에는 입을 다물고 있는 편이 유리하다는 얘기다. 상대의 말이 끝나갈 때, 비로소 상대가 미처 생각하지 못했을 법한 내용을 꺼내는 것이다.

상대의 밑천을 다 듣고 나서 내 밑천을 드러내는 전략이다.

또 상대가 다루지 않았던 내용에 대해 질문하며 대화를 참신하게 이끌어갈 수 있다면 금상첨화다. 내가 알고 있는 약간의 지식을 동원해 내 스타일대로 질문을 만들어보는 것도 추천한다. 물론 질문이 완전히 황당해서는 안 된다. 대화 주제와 관련한 질문이되 철저히 나의 관점에서 나만의 의견을 담는 게 중요하다. 남들이 하지 않을 법한 질문을 던져 흥미를 불러일으키는 것도 대화의 능력이다. 지식으로 대화를 이끌려 하기보다 차라리 여기에 집중하자.

침묵하는 상대의 말문 열기

상대가 질문에 답하지 않는다면

거기엔 분명 이유가 있다.

억지로 답을 얻어내려 할수록 입은 더 굳게 닫힌다.

대답을 얻어낸다기보다

상대에게 기회를 준다는 생각으로 대화해야 한다.

## 침묵하는 이유

상대가 내 질문에는 답을 안 하고 다른 얘기, 부연 설명만 빙 둘러 할 때가 있다. 내가 정작 궁금한 점에 대해서는 언급하지 않고 넘어가며 다른 얘기를 하는 것이다.

그럴 땐 똑같은 질문을 다시 해야 하는데, 그 상황이 어색하고 난감하다. 뭔지 모르게 상대에게 '말리는' 느낌이 들고 답답하다.

대화 상대가 내 질문에 답하지 않는 이유는 두 가지다. 하나는 대답하기 싫은 것이고, 다른 하나는 대답하는 걸 잊은 것이다. 원인에 따라 대응도 다르게 해야 한다.

첫째, 대답하기 싫은 상황이라면.

여기에도 역시 두 가지 가능성이 존재한다. 우선, 대답할 내용이 너무 민감하거나 부정적이어서 차마 언급하기 싫은 것이다. 이런 경우라면, 그냥 넘어가자. 이 세상에 '반드시 무슨 일이 있어도 꼭' 들어야 하는 대답은 없다. 꼭 듣고 싶더라도 그냥 넘어가는 게 낫다. 괜히 오기 부려봐야 어차피 답은 못 듣고, 분위기는 험악해지고, 인간관계만 상한다. 무리하지 않는 것이 현명하다. 다른 내용으로 얼마든지 풍부한 대화를 나눌 수 있다. 그 정도의 대화 소재를 쌓는 편이 더 건설적인 대안이다.

가끔 저널리즘 영역에 종사하는 분들을 만나면, 일종의 직업의식인지 모르겠으나 단도직입 화법으로 질문할 때가 많다. 자신이 듣고 싶은 이야기가 있을 때는 꼭 들어야 한다는 분위기로 말을 건넨다. 상대의 기분이나 입장을 고려하기보다 직업적 의무감이 우선하는 것일까, 대화 분위기를 주도하기 위한 선제적 행위일까, 아니면 군더더기를 싹 뺀 깔끔하고 명료한 대화법일까.

이 중 하나이거나 혹은 다른 더 그럴싸한 이유가 있을지 모르겠으나 난 그것이 언제나 옳다고는 믿지 않는다. 경쟁이 치열하고 분초를 다투는 기자회견장 혹은 취재 현장이라면 단도직입적으로 질문을 던지고 들어야 할 이야기를 상대로부터 당장 이끌어내야 하는 것이 맞다. 하지만 우리가 늘 접하는 일상에서의 대화라면 그렇게까지 할 필요가 없다.

낯설고 어려운 상대를 앞에 두고 있다면 더욱 그렇다. 괜히 기죽지 않으려고 '센 척'하며 날카로운 질문을 던지는 것은 괜한 짓이다. 그렇다고 대화가 내 의도대로 흘러가지도 않고, 상대가 내 말을 집중해서 경청하는 것도 아니다. 일상적 대화라면 상대 입장을 배려하는 유연한 태도가 바람직한 결과를 가져온다. 딱딱하고 메마른 관계로 대화를 마무리하고 싶은 게 아니라면 말투에 인간미가 풍겨야 한다.

그럼에도 불구하고 대화는 양방향으로 움직이는 언어의 흐름이다. 사람 사는 세상에서 꼭 듣기 좋은 언어만 오갈 수는 없다. 만약 꼭 묻고 싶은 질문이 있는데, 그게 상대한테 껄끄러운 일이라면 정중하게 미리 양해를 구해야 한다.

"좀 불편하실 수도 있겠지만, 이 얘기는 꼭 듣고 싶습니다."

이럴 때야말로 단도직입적으로 말해야 한다. 괜히 눈치 보며 필요 없는 이야기만 내내 하는 것은 쓸데없고 소모적이다. 하지만 상대방이 입 열기를 꺼리거나 곤란한 기색을 비치면 더 이상 얘기를 이어가지 않는 편이 낫다. 지금의 인간관계를 질문 하나로 인해 망쳐버릴 필요는 없다. 차차 시간을 갖고 나중에 상황이 변하면 그때 또 질문할 기회가 생길 테니 말이다.

다음은, 대답을 어떤 식으로 할지 혼란스러워 머뭇거리는 상황이다. 이럴 때는 여러 가지 사례를 제시하며 답이 될 만한 단서를 슬쩍슬쩍 건네볼 수 있다. 하지만 여전히 상대가 대답을 회피하면, 그냥 거기에서 얘기를 마무리하자.

상대가 대답하기 싫어할 때 무리수를 둘 필요는 없다.

우리는 가끔 자신이 하지도 않은 얘기가 누군가에 의해 만들어져 사실처럼 전달되는 경험을 하곤 한다. 매우 당황스러운 일이다. 그로 인해 곤경에 처할 수도 있다. 대화 상대가 이런 점을 우려하고 있는지도 모른다. 이즈음에서는 배려의 미덕이 요구된다.


둘째, 대답하는 것을 잊은 상황이라면.

누구라도 대화를 하다 보면 핵심에서 벗어나 하염없이 다른 얘기를 할 때가 있다. 삼천포로 빠지는 것이 꼭 나쁘지는 않다. 질문에 대답만 또박또박하는 무미건조한 대화보다 좋은 점도 있다. 편안하게 서로 마음껏 터놓고 얘기하다 보면 대화 소재가 풍부해지고 생각지도 않은 주제로 내용이 확장되곤 한다. 많은 얘기를 나눌 수 있다는 것만으로도 대화는 성공적이다.

비록 내 의도와 동떨어진 화제로 대화가 흘러가더라도 너무 예민하게 대처할 필요는 없다. 상대가 이야기꽃을 피우고 있는데, 굳이 얘기를 뚝 끊고

"그것 말고 제가 앞서 말한 점에 대해 얘기를 나누죠."

하는 식으로 내가 준비한 질문에 집착하지 말자. 분위기는 가라 앉고 상대는 머쓱해진다. 신나는 이야기보따리가 질문과 답의 단순한 핑퐁 게임으로 바뀌는 건 한순간이다.

## '해와 바람' 이야기

《이솝우화》에 '해와 바람' 이야기가 있다. 해와 바람이 길 가는 나그네의 외투를 벗기는 것을 두고 내기를 했다. 해와 바람은 서로 자기가 나그네의 외투를 벗길 수 있을 것이라고 확신했다. 그러나 결과는 해의 승리였다. 강풍이 불수록 나그네는 외투를 단단히 붙들어 여몄고, 뜨거운 햇살 아래서 스스로 외투를 벗었기 때문이다.

말을 하지 않는 상대에게는 바람처럼 접근해선 안 된다. 오히려 더 말문을 막아버릴 뿐이다. 따뜻한 해처럼 스스로 편안하게 마음을 내려놓고 말할 수 있도록 분위기를 조성해야 한다. 얼른 대답하라는 눈치를 주며 몰아붙이는 것은 올바른 태도가 아니다.

내 의도대로 답이 잘 안 나오고 대화가 다소 다른 방향으로 흐르더라도 긍정적으로 생각하자. 내 의도대로만 흘러가는 대화는 틀에 갇힐 수 있으나, 그렇지 않은 대화는 외연이 확장되며 한층 풍부해질 여지가 있기 때문이다.

상대가 대답을 안 한다고 해서 대화의 주도권을 빼앗기는 것도 아니다. 상대에게서 어떤 말을 듣고자 하는지만 잊지 않으면 된다. 다양한 이야기를 나누는 가운데 내가 원하는 답을 들을 수 있으면 성공이다.

가끔은 꼭 무언가 성과를 내고야 말겠다는 집착을 버린 채 여유 있고 느긋하게 대화를 즐길 필요도 있다.

질문을 많이 하면 대화를 주도할 수 있다고

생각하는 것은 착각이다.

분위기 전반을 읽는 여유로움과 흐름을 이끌 만한

질문으로 대화를 주도하자.

## 질문이라는 함정

내가 먼저 질문하면, 그 질문이 의도한 쪽으로 대화가 흘러갈 가능성이 크다. 그러다 보면 질문하는 내가 대화를 주도한다고 여긴다. 하지만 꼭 그런 것은 아니다. 먼저 질문한다고 능사는 아니다.

대화의 주도권을 잡는 데 질문의 양이나 질이 중요한 건 아니다. 대화의 흐름을 꿰어 던지는 질문 하나가 더 중요하다. 아무리 기발한 질문을 여러 개 하더라도 그것이 대화 맥락에 맞지 않고 뜬금없다면 소용없다. 보통 사람들은 긴장할수록 대화 흐름보다 질문 목록에 집착한다.

'내가 정말 멋진 질문을 준비했는데, 얼른 기회 봐서 이 질문을 던져야지.'

이런 생각이 머릿속에 가득 차 있으면 대화의 주도권은 나에게서 멀리 떠난다.

좀 어려운 대화 상대와 만남을 앞두고는 나름 준비한답시고 질문 리스트를 쭉 뽑을 때가 있다. 물론 바람직하다. 다만 실제 상황에서, 내가 미리 정한 대화 순서나 목록에 너무 얽매이지 않으면 된다. 준비한 질문의 수도 많을수록 좋다. '질문 은행'처럼 내가 활용할 수 있는 자산이므로 많아서 나쁠 것은 없다. 대신 누구라도 던질 수 있는 평범한 질문은 리스트에서 삭제한다. 아무나 쉽게 생각 못할 질문, 한 번도 못 들어본 질문, 무릎을 치는 기발한 질문으로 옥석을 가려야 한다. 질문이 평범하면 '나는 어설픈 아마추어예요'라고 자인하는 셈이며, 그때부터 나에게 대화 주도권은 없다.

## 대화의 주도권을 쥐려면

일단, 여유 있는 자세로 대화에 임할 필요가 있다. 여유가 있어야 대화의 흐름을 읽고 거기에 맞게 주도할 수 있기 때문이다. 여유가 없는 사람은 질문 하나하나에 의존한다. 하지만 여유가 있는 사람은 대화 전반을 읽고 핵심적인 질문을 내놓는다. 이른

63

바 "숲을 보느냐 나무를 보느냐"의 문제다. 당장 눈앞에 놓인 몇 그루의 나무만 갖고 수선을 떨 게 아니라 숲 전체의 모양을 파악하고 어느 방향의 어떤 나무를 선택할지 아는 것이 주도권이다. 질문은 그렇게 고르는 것이다.

하루는 국내에서 이미 유명한 미국 ABC 조주희 국장을 만났다. 때마침 한국 사회는 정치적으로 격동의 와중에 있었다. 그와는 외신에 비친 한국 이야기, 외신 기자의 현실, 국내 언론과 외국 언론의 차이 등 나눌 이야기가 꽤 많았다. 대화는 자연스럽게 현업에서 왕성하게 활동하는 조 국장의 주도로 흘러갔다. 우리 둘은 원래부터 친분이 있던 터라 주제는 무거워도 대화 분위기는 좋았다. 게다가 대화 주도권을 쥐기 위한 피곤한 경쟁심 같은 것도 전무했다. 그저 흘러가는 대로 편안하게 이런저런 세상 이야기를 하듯이 대화가 이어졌다.

그러나 이 대화를 시작하면서 나에게는 꼭 하나 짚고 넘어가야 할 질문이 있었다. 현직 저널리스트가 말하는 '언론의 신뢰도'였다.

"보수와 진보로 양분된 언론이 다른 논조를 낸다면 그중 무엇을 믿어야 하나요? 언론을 과연 신뢰할 수는 있는 건가요?"

언론 현상에 대한 이런저런 설명도 중요했지만, 다양한 언론 행위를 접하며 우리가 그동안 잊고 있던 포인트를 언급해야 할 것 같았다.

평소 우리의 대화는 이렇게 진지하지 않았지만 내친김에 깊은 이야기를 나누었다.

그러자 그는 진지한 분위기로 돌아가 언론의 올바른 역할에 대해 조목조목 이야기를 시작했다.

"나도 언론인으로서 그런 고민을 많이 합니다. 언론의 역할은 중심을 잡는 것입니다. '중심은 여기에 있다'는 것을 보여주는 게 바로 주류 언론의 역할입니다. 언론이 대중을 휘어잡아 움직이려 한다면 그건 선동이지요. 주류 언론의 역할은 '중심은 여기에 있다'는 것을 모두에게 알려주는 선에서 끝나야 합니다. 사실을 객관적으로 보여주고, 거기에 대해 전문가의 다양한 의견이나 사건 당사자들의 말을 모두 전하는 것이 언론의 임무입니다. '그래서 앞으로 어떻게 해야 하는가'라는 판단과 실행은 관료와 정치인이 하는 것이죠. 그건 언론의 역할이 아닙니다."

이후로 우리는 민주주의와 언론의 자유에 대해 의견을 나눴

묻기만 잘해도 이미 충분해

다. 영세 인터넷 언론사의 부작용을 논하고 포털 속의 언론 문제도 다뤘다. 보수와 진보로 양분된 언론의 신뢰성에 대한 화두를 던짐으로써 외신에 초점을 맞췄던 대화의 방향이 언론의 책임 쪽으로 흘러간 것이다.

대화의 주도권은 내가 준비한 질문의 향연을 펼치는 게 아니다.

질문 세례를 퍼붓지 않고서도 상대로부터 풍성한 이야기를 듣고 내가 의도한 방향으로 분위기를 이끈다면 진정 그 대화를 주도한 것이다.

얘기를 나누다 보면 예기치 않은 질문을 할 때도 있고, 기대하지 않은 답을 들을 때도 있다. 이럴 때도 대화를 유연하게 진행해야 한다. 질문 세례보다 이야기의 방향을 끌어가는 여유로움이 대화를 주도하는 한 차원 높은 능력이다.

질문으로 집 짓는 대화

주제가 난해할수록 대화의 큰 틀을 잡아야 한다.

그 틀은 질문으로 완성된다.

질문으로 뼈대를 잡으면 어떤 말을 해야 할지,

무엇이 중요한지 저절로 알게 된다.

## 뼈대가 먼저, 장식은 나중

영국의 과학철학자 베이컨은 "질문으로 파고든 사람은 이미 그 문제의 해답을 반쯤 얻은 것과 같다"고 했다. 질문의 개념이 바로 서면 어떤 이야기를 할지, 무엇을 이야기해야 할지 자연스럽게 터득할 수 있다. 질문을 먼저 고려하는 이런 방식은 어려운 주제의 대화를 이끌어갈 경우 특히 요긴하다.

이때, 보통 우리가 저지르는 실수가 있다.

어떤 질문을 어떤 순서로 제시할지 고민하는 것이다. 대화의 하수다. 대화의 고수라면 큰 그림을 그리는 데 더 고심한다. 세부 질문 목록을 뽑는 것보다 대화의 뼈대를 만드는 쪽에 공을 더 들이는 게 중요하기 때문이다. 대화의 뼈대, 즉 틀을 잡는 과정에서 주제도 명확해지고 어떤 세부적인 질문이 필요할지 감을 잡을 수 있다.

가령, 내가 그리고 싶은 모양의 나무가 있다고 가정해보자.

맨 처음 무엇부터 그리겠는가?

나뭇잎 하나하나부터 그려 넣고 색칠을 하는 경우는 매우 드물다. 나무의 둥치와 줄기를 먼저 그려 형태를 잡아놓고 나뭇잎을 추가하는 게 일반적이다. 그런 다음 꽃도 그려 넣는다. 날아온 새가 어느 가지에 앉을지는 맨 마지막에 결정한다. 즉, 거칠게라도 틀을 잡은 후 그것을 가장 아름답게 부각시킬 요소를 차츰 더해갈 때 완성도가 높아진다.

대화도 이와 비슷하다. 큰 그림을 갖고 임하는 사람의 의도대로 대화가 흘러간다. 어려운 주제일수록 더욱 그렇다. 내가 틀을 잘 짜두면 상대는 거기에 맞는 이야기를 빼곡히 채워 넣을 것이다. 비록 말을 많이 하지 않더라도 그 틀 속에서 대화가 이루어진다면 주도권은 내가 쥔 것이나 다름없다.

## 세 가지 소주제 만들기

필자는 연설이나 강의, 혹은 진중한 대화를 할 때면 대개 '3의 법칙'을 따른다. 내가 할 말을 주제별로 크게 세 덩어리로 나눠

놓고, 거기에 살을 붙여가는 방식이다.

이 방법은 실제로 매우 효율적이다. 왜냐하면 인간의 뇌는 어차피 많은 내용을 한 번에 다 기억하지 못하기 때문이다. 인지과학자 아트 마크먼에 의하면 사람이 머릿속에 기억했다가 다시 끄집어낼 수 있는 내용은 기껏해야 세 가지 정도라고 한다. 게다가 어려운 대화일수록 머릿속은 더 복잡해지기 마련 아닌가.

딱 세 가지 주요 질문만 갖고 있어도 대화를 풍성하게 완성할 수 있다.

무슨 얘기를 해야 할지 막연할수록 첫 번째 질문을 고민할 필요가 없다. 떠올려봐야 별 소용없는 질문이 될 가능성이 크기 때문이다.

이럴 때 활용할 수 있는 방법이 '세 가지 소주제小主題 만들기'이다. 이렇게 하면 어지간한 대화는 무난히 진행할 수 있다. 특히 어렵고 지루한 내용으로 대화할 때 이렇게 세 가지 소주제로 전체 틀을 잡는 방식이 빛을 발한다.

단, 세 가지 소주제와 그에 따른 질문은 무조건 흥미로운 것으로 잡아야 한다. 나에게 재미없는 이야기는 남에게도 재미없기 마련이다. 특히 셋 중 마지막 소주제가 상대의 마음에 진한 여운을 남길 수 있다면 금상첨화다.

"그게 왜 그런가요?"

이 한마디 반문으로 나의 반대 의사를 표현하면서도

대화를 부드럽게 끌고 갈 수 있다.

나 당신에게 동의하지 않아요

# 반문의 기술

대화를 하다 보면 아무리 현명한 상대라 하더라도 그의 의견에 동의할 수 없을 때가 있다. 상대는 논리적으로 강력하게 주장하지만 내 생각엔 도무지 틀렸다. 그렇다고 드러내놓고 반대하기도 애매해 진짜 난감하다. 잠자코 있으려니 답답하고, 그때부터 대화에 집중하기 어렵다.

명상 전문가 유정은 대표를 만났을 때였다. 유 대표는 구글의 명상 프로그램을 개발한 엔지니어 차드멍 탄Chade-Meng Tan에게 명상을 배웠고, 한국에서 명상 앱도 개발한 상태였다.

그와 대화하며 가장 궁금했던 건 과연 명상으로 마음의 평온을 얻고 머릿속 복잡한 고민을 해결할 수 있는지 여부였다. 그런데 유 대표는 그건 아니라고 답했다. 아마도 이런 취지의 질문을 많이 들은 것 같았다. 게다가 그는 명상은 고통이 고통임을 인정하는 것으로부터 출발해야 한다고 말했다.

예상외의 답이었다.

그럼 도대체 명상을 왜 한단 말인가. 안 그래도 힘든데 고통을 고통으로 인정하라니, 그건 너무 가혹한 것 아닌가 싶었다.

**"명상을 하려는 사람은 대개 내면의 평화를 원하기 때문인데, 유 대표님 말씀대로라면 명상의 목적이 모호해지네요."**

이렇게 반문하며 내 의견을 전달하고 유 대표의 답을 기다렸다.

"본인 스스로 집착하는 것을 알아차리는 연습이 명상입니다. 짜증나는 상황에서 누가 내게 말을 걸면 갑자기 안 좋은 말이 나가죠. 옆 사람에게 화를 내고 한참 있다 돌아보면 어처구니없는 자신을 발견합니다. 우리 인생에서는 이런 일이 너무 많아요. 그래서 명상은 호흡에서 시작하는 경우가 많습니다. 호흡에 집중하면 자신의 마음이 고요해지고 마음에 떠오르는 생각과 감정을 있는 그대로 볼 수 있습니다. 그러면 내가 어리석

었구나, 하는 깨달음이 옵니다. 명상은 내 일상에서 환경을 대하는 나 자신의 마음이나 행동을 바꿀 수 있는 것입니다."

이 답변으로 궁금증도 풀리고 고통을 왜 고통으로 받아들여야 하는지 조금은 이해할 수 있었다.

## 무례함과 반문은 종이 한 장 차이

내가 기대했던 대답을 하지 않는다고 해서, 혹은 내 생각과 다른 대답을 한다고 해서 대뜸 이렇게 말한다면 어떤 결과가 나올까.

"에이~ 명상을 하는데도 마음이 차분해지지 않으면 무슨 소용이 있나요?"

"고통을 고통으로 받아들이라니, 무책임하게 들리네요."

"그런 얘기는 누구라도 쉽게 할 수 있지 않을까요?"

상대는 내 말이 무례하다고 느낄 수 있다. 혹은 지나치게 도전적이라고 받아들이며 불편해할 수도 있다. 그다음부터의 대화가 매끄럽게 이어지지 않을 것은 뻔하다.

"지금까지 제가 알던 것과 다르네요."

"그럼 어떻게 해야 하나요?"

"아주 흥미롭긴 한데 잘 모르겠어요."

이런 뉘앙스로 반문하는 것이 좋다.

나는 잘 모르겠으니, 게다가 이해도 잘 안 되니 다시 좀 설명해달라는 취지의 반문이다. 이런 태도라면 상대는 충분히 논리적이고 설득력 있게 설명을 이어갈 것이다.

내가 동의하지 않을 때 "난 그렇게 생각 안 해요"라고 직설적으로 반응하는 것보다 요령 있게 반문하는 것이 대화를 더 부드럽게 이끈다. 상대의 의견을 묻는 듯 포장한 말이지만 그 의견에 반대한다는 속뜻이 담겨 있다. 즉, 반문은 내 의견을 굽히지 않으면서도 무리 없고 편안하게 대화를 완성할 수 있는 유용한 기술이다.

이렇게 들어야 깊어져요 **"**

{      }

2

누구나 실패하지 않는 대화

대화의 달인이 아니라면, 말은 하면 할수록 손해다.

반대로 들으면 들을수록 득이 된다.

누구나 할 수 있는 대화의 기술은 경청이다.

## 무조건 듣기

실패하지 않는 대화의 기술은 단연 경청이다.

잘 들어주는 데는 특별히 복잡하거나 어려운 기술이 필요 없다.

그저 인내심이 필요할 뿐.

간단하다. 무조건 입은 닫고 귀를 활짝 열자.

상대와 눈을 마주치고 한마디도 놓치지 않을 기세로 앉아 있으면 된다.

대화할 때 상대를 먼저 의식하고 내 얘기를 뒤로 미루는 것은 어떤 경우에도 상대 마음의 문을 활짝 여는 열쇠가 된다. 그때부터는 대화의 깊이도 달라진다.

경청의 힘은 생각보다 크다. 경청에는 상대를 주인공으로 만들어주는 마법 같은 힘이 있다. 그 때문에 그 어떤 까다로운 상대를 마주하더라도 '경청 전략'은 일단 절반의 성공을 보장한다. 청산유수 같은 내 말보다 묵묵히 들어주는 내 행동이 상대의 마음을 여는 든든한 무기임을 잊지 말아야 한다.


## 들어야 사는 대화


우리가 흔히 하는 뻔한 거짓말 중 하나는 "난 말하는 걸 싫어해요" 아닌가 싶다. 제아무리 말하는 걸 안 좋아한다는 사람도 멍석을 깔아주면 말이 길어지니 말이다.

"저는 말 많이 하는 걸 싫어한답니다."

이런 얘길 하는 사람도 정작 기회가 오면 말을 잘 멈추지 않는다.

"짧게 말하겠습니다."

이렇게 장담해놓고 정말 짧게 말하는 사람도 드물다.

게다가 긴장된 상황에서는 무의식적으로 말이 길어진다. 그런 가운데 내 뜻과 달리 장황하게 횡설수설하는 실수를 하곤 한다. 상대가 대하기 어렵고, 그래서 상황이 어색할 때, 두근거리는 심장 박동이 크게 느껴질수록 차라리 아무 말이라도 늘어놓아야 마음이 편해지기 때문이다. 그러나 이런 상황에서 내 말만 쏟아 내는 것은 대화에 전혀 도움이 되지 않는다.

대화가 불편하고 어색할수록 듣는 데 무게를 둬야 한다. 누구라도 자기 얘기를 잘 들어주는 사람에게는 더 많은 얘기를 들려주고 싶은 법이다. 그뿐만 아니라 두 번 세 번 만나서 대화를 나누고 싶어진다.

이런 경우도 있다.

상대가 "예" 혹은 "아니요"라고 짧게 답하기만 한다. 당연히 나라도 말을 많이 해야 하나 고민되는 순간이다. 하지만 비록 그렇더라도 경청의 태도를 유지해야 한다.

대화의 맥락 속에서 분위기에 맞는 질문거리를 찾아 묻고 답을 듣는 식으로 경청하는 자세를 유지하면 어느 순간 상대도 마음을 연다. 더불어 대화의 깊이와 내용도 확장된다. 이리저리 던져놓은 질문의 씨앗들이 싹을 틔워 열매를 맺는 것이다.

아무리 어려운 상황에서도 열 마디를 들은 뒤 비로소 한마디를 한다는 자세만 갖춰도 그 대화를 큰 무리 없이 진행할 수 있다.

한 가지 주의할 점은 있다.

질문을 한 뒤, 답을 진득하게 듣지 못하고 불쑥 끼어드는 것이다.

상대가 한마디 대답을 할 때 나도 모르게 두세 마디 말하지 않도록 주의하자. 내가 경청하지 않으면 대화에 담겨야 할 상대의 목소리와 의견은 사라진다.

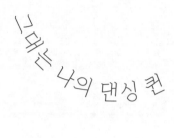

그래는 나의 댄싱 퀸

추임새로 상대를 춤추게 하자.

상대에게 멍석을 깔아주는 추임새를 아낄 이유는 없다.

실제로 대화가 더 흥미로워지는 건 보너스다.

## 보여라, 당신의 열화와 같은 반응을

누군가와 대화할 때 벽을 보고 얘기하는 느낌이 든 적 있는가? 전혀 반응이 없거나, 건성건성 듣는 상대 앞에서 김이 샌 적은 없는가?

나는 진지하게 얘기하는데 상대의 반응이 별로라면 대화는 진전되지 않는다. 그리고 그 사람과 다시는 대화하기 싫어진다.

성공적인 대화를 하려면 이와 딱 반대 상황을 만들면 된다.

열광적인 반응을 보이는 것은 상대의 마음을 얻는 아주 간단한 방법이다. 아무리 시시콜콜한 얘기를 꺼내도 다양하게 응대하면 상대는 말을 멈추지 않을 것이다. 일단, 멍석을 좀 깔아줘야 대화의 판이 벌어진다. 행여 내 반응이 너무 과하지 않을까 걱정할 필요는 없다. 과한 반응이 냉랭한 반응보다 백배 낫다.

추임새는 상대의 얘기에 대한 공감의 표현이자 관심의 표출이다.

내가 보여주는 적절한 추임새는 '난 당신의 이야기를 진지하게 잘 듣고 있답니다'라는 강한 확신을 심어준다. 여기에 더해 '믿고 대화해도 좋을 사람'이란 신뢰도 선사한다. 추임새는 상대를 춤추게 하는 마법의 언어다.

세계 최초로 '화병'을 정신의학 용어로 지정하는 데 공헌한 이시형 박사를 만나 대화를 이어가던 중이었다. 세로토닌, 도파민, 옥시토신과 같이 사람의 감정에 영향을 미치는 호르몬 이야기를 하다가 선비 정신, 한국인의 다혈질, 경상도·충청도·전라도의 지역 정서 등 우리 민족의 기질에 관한 이야기로 대화가 흘러갔다. 정신과 의사인 그는 끊임없이 이야기보따리를 풀어냈다.

이 흥미로운 대화를 계속 이어가기 위해 나는 추임새를 계속 넣다가 이렇게 말했다.

"그렇다면 수십 년간 정치적 성향에서 대척점에 있는 경북과 호남의 기질은 어떠한가요?"

이미 탄력을 받은 그의 이야기는 쉼 없이 이어졌다.

"전라도는 비옥한 평야 지대입니다. 사람들을 보면 예술적이고 여성적이라 할 수 있죠. 호남 지역에 있는 강은 유장하게 흐르고 사람의 기질도 그렇습니다. 경상도에 비하면 여유가 있는 유순한 성격이지요."

시간적 제약만 없다면 대화가 한없이 이어질 태세였다.

신이 나서 이야기하고 있는 상대에게 흥미로운 반응을 계속 보여주면 대화의 열기가 식을 리 없다. 그렇게 이어지는 대화 속에서 상대는 자연스럽게 마음을 열고 분위기는 부드러워진다.

## 추임새별 쓰임새

추임새는 크게 세 종류로 나뉜다.

긍정의 의미를 담은 추임새, 부정적 의미와 연관된 추임새, 그리고 가치 중립적인 추임새가 그것이다.

긍정의 추임새는 이렇다.

"재능이 있다면 교육 수준에 상관없이 그에 맞는 대우를 받아야 합니다."

"당연하지요."

"지당하신 말씀입니다."

"두 번 말해 뭐 해요."

"정말 그래요."


"이건 제가 최초로 만들었어요."

"와~ 놀랍습니다."

"대단하네요."

"부러운 능력입니다."


"이번에 만든 작품은 실패인 것 같아요."

"천만의 말씀입니다."

"절대 그렇지 않아요."

"그렇게 생각하실 필요 전혀 없어요."


꼭 이렇게 거창하게 반응하지 않더라도 좋다.

"네." "아~" "우와." "오호~" 이런 외마디만으로도 충분하다.

혹은 말없이 고개를 끄덕여주는 것도 훌륭한 추임새다.


다음은 부정적인 추임새다.

병이 났거나 좋지 않은 사고를 당했을 때, 혹은 시험 결과가 나빴다는 안타까운 얘기를 들었을 경우 이렇게 반응할 수 있다.

"저런!" "아이고!" "세상에!" "유감이네요."

여러 말 대신 진심 어린 눈빛만으로 상대의 마음에 감동을 주는 완벽한 추임새도 있다.


부정적 추임새를 할 때는 주의해야 할 점이 있다.

상대의 의견에 수긍할 수 없다고 해서 다짜고짜 이렇게 말하는 것은 금물이다.

"그건 아닌 것 같은데요."

"에이, 그건 틀렸네요."

"잘못된 생각입니다."

아무리 동의하기 어렵더라도 이런 즉각적인 반응은 삼가도록 한다.

대신 좀 다른 식으로 표현할 것을 권한다.

"진짜요? 왜 그렇죠?"

"아~ 저는 그렇게 생각 안 했거든요."

이렇게 되묻는 방법이 있다.

그러면 상대는 나름의 이유를 설명할 테고, 일단 그 얘기를 더 들어본다. 하지만 부연 설명을 듣고 나서도 여전히 납득할 수 없

다면 "그래도 저는 반대해요"라는 단도직입적 반응보다

"그럴 수도 있군요."

이 정도로 말하고 다른 화제로 넘어가는 게 좋다. 당장 그 자리에서 대화를 멈추고 논쟁을 시작할 생각이 아니라면 말이다.

그럼에도 불구하고 정말로 부정적인 반응을 드러내고 싶다면 가치 중립적 추임새가 최고다.

"네에~"

좋은지 싫은지 속내를 명확하게 드러내지 않는 것이다. 시큰둥하지만 간단한 이 추임새야말로 대화를 끝내지 않는 가장 지혜로운 한마디다.

추억을 대화 소재로 만들면 친밀한 대화가 이뤄진다.

단, 아름다운 추억이어야 한다.

아름다운 과거의 소환

추억 이야기를 싫어하는 사람이 있을까.

옛 친구들을 만나면 과거에 있었던 이야기를 하고 또 한다. 할 때마다 별 새로운 내용이 없으면서도 얘기가 즐겁다. 기쁜 추억이기 때문이다. 아무리 곱씹어도 지루하기는커녕 행복한 에너지가 솟아난다. 그래서 우리는 오래된 인연을 소중히 여기고 오랜 친구와 지인을 좋아한다. 내 추억을 들어줄 수 있는 대화 상대는 언제나 환영이기 때문이다.

그리 친하지 않은 상대를 만났을 때도 추억을 꺼내고 그 이야기를 듣는 상황이 되면 친근한 대화가 가능하다. 단, 주의할 점이 있다. 그 추억이 지금의 상대에게 '아름다운' 것이어야 한다. 내용이 좋거나 결과가 좋은 추억 말이다.

그 누구도 이른바 '흑역사' 앞에서 마냥 즐거울 수만은 없다. 더구나 친하지도 않은 사람이 자신의 흑역사를 들춰낸다면 그 대화는 고통의 시간이다.


## 민주화 투사와 공안 검사의 만남


이재오 전 의원을 만나 대화를 나눌 때였다.

그는 거물 정치인이고 이명박 전 대통령 정부에서는 명색이 정권의 2인자였다. 얘기를 나누는 게 어렵지는 않았지만, 자칫 내가 위축되어 너무 딱딱하고 일방적인 대화로 끝나버리지는 않을까 염려스러웠다. 그럴수록 좀 친근한 분위기에서 대화하고 싶었다. 막상 만나고 나니 이 전 의원의 성격이 호탕하고 밝아서 분위기가 가라앉지는 않았다. 하지만 아무래도 정치 얘기를 할 수밖에 없어 다소 무거운 느낌이 들었다.

대화 도중 나는 당시 이재오 전 의원과 함께 원외 정당인 늘푸른한국당의 공동대표를 맡고 있는 최병국 대표 이야기를 꺼냈다.


"늘푸른한국당 최병국 공동대표와는 악연으로 만나지 않았나요? 지금은 어떻게 함께하고 있는지요?"

최 공동대표는 공안 검사 출신이고, 과거 이 공동대표를 구속시킨 이력이 있었다. 어찌 보면 둘의 관계는 악연으로 시작됐다. 한 명은 민주화 운동을 하던 투사, 한 명은 공안 검사. 둘의 이야기는 가히 영화만큼이나 파란만장했다.

"기가 막힌 인연이지요. 내가 다섯 번이나 구속됐습니다. 마지막 감옥 갈 때 나를 잡아넣은 사람이 지금 공동대표인 최병국 당시 서울지검 공안부장이었고요. 그때 서울지검 공안부 멤버가 쟁쟁했지요. 최병국, 황교안, 박한철 등이 거기 있었어요. 당시 나를 구속하면서도 최병국 부장과 팀원들이 나한테 잘했습니다. 자리와 입장이 있으니 어쩔 수 없었지만, 이재오에게 너무 미안하다는 생각을 한 것 같아요."

이재오 전 의원에 의하면 본인과 최 대표가 가는 길은 완전히 달랐다. 하지만 둘 사이에는 각기 공통된 정의감이 있어서 통했다고 한다. 게다가 이 전 의원의 아들 결혼식 때는 최 공동대표가 주례를 서기도 했다.

"이명박 전 대통령과 박근혜 전 대통령이 한나라당에서 경선을 할 때였지요. 나는 MB 캠프의 책임자였어요. 최병국 의원은 공안 검사 출신이라 박근혜 캠프에서는 당연히 그쪽으로 갈 거라고 생각했어요. 그때 내가 최 의원에게 '형님, 나하고 같이 가야지 어디 가십니까?' 했더니, '그래, 이재오하고 같이 가야지' 하면서 결국 나를 따라왔습니다. 그렇게 박근혜 캠프에 찍혀서 18대, 19대 국회의원 공천에서 떨어졌지요. 완전히 드라마입니다."

이런 의리와 투합으로 엮인 두 공동대표의 지난 세월은 분명 한국 현대사의 한 부분이었다.

이재오 전 의원은 추억을 이야기하면서 시종일관 흐뭇하고 행복한 미소를 지어 보였다. 그 추억에 대해 먼저 묻고 그로부터 다양한 뒷이야기를 듣던 나 역시 이 전 의원과 역사 여행을 떠난 듯했다. 처음 만났을 때보다 분위기가 한결 편안하고 친밀해졌다.

과거의 아름다운 기억, 즉 추억을 대화 소재로 꺼내는 것은 친밀한 대화로 가는 지름길이다. 상대는 나와 추억을 공유하며 마음이 따뜻해질 테고, 그런 추억을 소환해준 나에게 친밀한 감정을 갖게 될 것이다.

무엇보다도 상대가 추억을 들려주며 기뻐해야 한다는 점을 꼭 기억해야 한다. 내가 끄집어내는 추억이 과연 상대에게 즐거운 과거로 남아 있을지 조심스럽게 타진해야 한다는 뜻이다. 나한 테만 흥미롭고 나만 궁금한 옛이야기를 괜히 들추어내서는 낭 패를 면할 수 없다.

# 주연보다 대단한 조연

친근한 대화를 하고 싶다면

상대를 주인공으로 만들어야 한다.

나는 조연, 그는 주연이다.

## 조연의 개성은 잊자

상대를 대화의 중심에 두는 것은 친밀한 분위기를 이끌어가는 데 기본이다.

까다로운 스타일의 상대일수록 내가 맞춰야 할 지점이 많을 것이다. 이 경우도 친밀한 대화를 나누고 싶다면 상대는 주인공, 나는 조연임을 되새겨야 한다. 내 개성은 잠시 잊고 상대의 개성만 생각하자.

누군가와 대화하면서 상대를 주연으로 두고, 내가 조연을 자처하는 것은 나쁘지 않다.

예를 들어, 남 얘기는 듣지 않고 자기 말만 신나게 하는 상대를 만났다고 치자. 얄밉고 불쾌할 수도 있지만 그럴 땐 그냥 실컷 들어주면 된다. 그는 대화의 주인공이기 때문이다.

또 본론은 언급하지 않고 서론만 긴 상대도 있다. 배경 설명이 너무 장황해서 그 말을 다 들어주노라면 맥이 빠지고 지친다. 대화가 아니라 거의 독백 수준이다. 그럴 때도 끊임없이 맞장구를 쳐주자. 그가 대화의 주인공으로서 주연 역할에 충실하는 것이라고 생각하자. 충분히 들어주고 나서 본론이 무엇인지 상기시켜도 늦지 않다.

대한민국이 정치적 이슈로 한창 혼란스러울 때, 언론학회 회장이던 중앙대학교 이민규 미디어커뮤니케이션학부 교수와 대담 인터뷰를 진행했다. 당시는 언론계 파업이 이어졌고, 언론인에 대한 해임과 복직 등 현안이 많은 시기였다. 자연스럽게 우리의 대화는 언론학자들의 시국 성명 발표, 학자의 정치 참여 논란, 언론의 편향성, 분열된 여론 등 무거운 주제로 시종일관 이어졌다.

이 대화를 지루하지 않게 풀어나가기 위한 나의 역할은 철저한 조연이었다.


"해임된 전 MBC 김장겸 사장은 언론학자들이 발표한 단체 성명을 정치적 행동이라고 했습니다."

언론학회 소속 언론학자들이 "MBC 사장과 KBS 이사장은 언론의 공정성에 대한 책임을 지고 물러나야 한다"는 성명서를 발표한 일을 언급한 것이다.

그는 이렇게 답했다.

"언론이 올바로 서야 민주주의가 올바로 섭니다. 워낙 가짜 뉴스가 많고 확증적 편향과 필터 버블에 의해 자기가 믿고 싶어 하는 정보만 접하는 시대가 되었습니다. 정확하고 공정하며 객관적인 정보를 전달하려는 노력이 정치권에 의해 훼손되는 것을 언론학자들이 그저 두고 볼 수만은 없었을 것입니다. 위기의 시대일수록 정확한 정보, 학문과 언론의 자유가 더 중요하지요."

신방과 교수였던 나 역시 언론학회 회원이었다. 언론에 관한 이론과 실무 이야기를 나누는 데 큰 거리낌이 없었고, 언론학자들의 단체 행동에 대한 내 의견도 내놓고 싶었다. 확증 편향이나 필터 버블 같은 학술적 표현에는 내가 알고 있는 사례를 덧붙이며 펼칠 주장도 많았다.

하지만 나는 이민규 학회장의 이야기를 듣는 일에 더 충실했다. 대화를 좀 더 긴밀하게 이어가기 위해서였다. 그러잖아도 대

99

화 소재가 딱딱한데 거기에 내가 아는 얘기를 들먹이며 내 존재
감까지 뽐낼 필요는 없었다. 이민규 학회장의 페이스를 그대로
따라감으로써 인터뷰를 끝까지 부드럽게 마칠 수 있었다.


## 조연의 보이지 않는 힘


《탈무드》에서는 다른 사람의 말을 들어주는 것이야말로 친절
의 미덕이라고 한다. 동시에 경청은 상대에게 존경을 표시하는
것이라고 가르친다.

내 존재감을 기꺼이 내려놓고 상대의 이야기를 경청하는 것은
단순하게 수동적인 태도가 아니다. 오히려 굉장히 적극적인 자
세로 노력해야만 가능한 조연의 역할이다.

조연의 역할은 주연을 빛내주는 것임을 기억해야 한다.

영화를 보면 사극, 코믹, 액션, 공포 등 장르별 화면 구도와 인
물의 캐릭터가 조금씩 다르다. 하지만 결국 모든 세팅은 주연의
활약을 돋보이게 함으로써 영화 전체를 살린다.

대화도 비슷하다. 어떤 상대를 만나느냐에 따라 대화 유형이
다양해지지만, 공통적으로는 주연의 스토리를 근사하게 완성해
야 한다. 조연인 나는 최선을 다해 주연을 뒷받침하면 그만이다.

친근한 이야기를 나누고 싶거나 친근한 대화 상대가 되고 싶다면 더욱 그렇다. 아무리 겸손한 사람도 주연처럼 대접받는 걸 싫어하지 않는다. 자신의 얘기를 진지하게 들어주고 자신이 하고 싶은 얘기를 맘껏 할 수 있는 상대라면 언제든 다시 만나고 싶게 마련이다.

나 스스로 조연이 되어야 한다. 상대를 대화의 주인공으로 만들면 둘 사이는 확실히 친밀해진다. 단, 내가 꼭 해야 할 얘기가 무엇인지만은 잊지 말자.

이렇게 들어야 깊어져요

열 마디 말보다 단 하나의 손짓, 몸짓, 눈짓이

더 강력하다.

상대가 나를 친근하게 여기도록 만드는 것은

바로 비언어다.

말없이 대화하는 기술

## 백 마디 말보다 잘 통하는 비언어

가끔 문자로 얘기할 때 서로의 마음을 오해하는 일이 생긴다.

"왜?"

달랑 이 한 글자를 해석할 경우의 수는 많다. 정말 이유를 몰라서 묻는 것일 수 있고, 깜짝 놀라서 외마디 소리를 지르는 것일 수 있고, 귀찮아하면서 "아니, 또 왜 그러냐"고 신경질을 내는 것일 수도 있다. 하지만 상대의 얼굴을 보고 목소리 톤을 들으며 대화하는 상황이라면 다르다.

"왜?"

이렇게 한마디 했을 때 그가 잘 몰라서 묻는 것인지, 짐짓 놀란 것인지, 싫어하는 내색인지, 아니면 웃으면서 장난기 있게 툭 던지는 말인지 알아챌 수 있다.

말을 할 때 표정과 어투 그리고 다양한 몸짓이 곁들여져야만 비로소 그 정확한 의미를 이해하게 된다.

언어학자들에 의하면, 말만으로 전달되는 의미는 놀랍게도 30퍼센트 정도에 그친다. 나머지 70퍼센트는 말과 곁들이는 주변 요소가 담당한다.

예를 들어, 날카롭거나 부드러운 목소리 톤, 사랑스럽게 바라보거나 째려보는 눈빛, 감거나 혹은 동그랗고 크게 뜨는 눈짓, 미간을 찌푸리거나 코를 찡긋하는 등의 표정, 팔짱을 끼거나 다리는 꼬는 등의 몸짓 등이다. 박장대소, 혹은 뚝 떨어지는 눈물 한 방울 역시 비언어적 소품이다. 이런 비언어적 요소는 말보다 더 강력한 전달력을 갖는다.

그러니 비언어적 요소가 모조리 빠진 "왜?"라는 단서만으로는 의미를 온전히 알아챌 수 없다. 적당히 앞뒤 상황을 봐서 속뜻을 예측할 뿐이다.

이처럼 대화를 잘하기 위해서는 백 마디 말보다 한 개의 강력한 비언어적 단서가 더 효과적일 때가 많다.

## 대화는 말보다 표정으로

상대가 재미있는 얘기를 할 경우, 함께 깔깔 웃어주는 것이 최고의 반응이다. 박수 치며 크게 웃는 것보다 더 강력한 공감이 어디 있겠는가. 열 마디 말보다 낫다. 슬픈 얘기를 하는 상대 앞에서는 부질없는 위로의 말보다 함께 흘리는 눈물이 더 감동이다. 눈물이야말로 슬픔을 대하는 진실한 언어이기 때문이다. 고개를 끄덕이고 손을 꼭 잡아주면 상대의 마음이 나에게로 바짝 다가온다. 상대가 화났던 일을 털어놓을 때, 나도 같이 인상 찡 그리고 분통 터지는 표정을 짓는 것이 최고의 의사소통이다. 낙담한 상대 앞에서 함께 한탄의 한숨을 짓는 것보다 더 나은 공감의 언어가 있을까. 때로는 아무 말 없는 침묵, 충격으로 망연자실 앉아 있는 모습이 나의 진실을 전하는 언어다.

시골에서 가난하게 자라나 광고 회사 대표로 자수성가한 박동훈 대표를 만났다. 그는 자신의 본업 외에도 자비를 들여 서울 시내 뒷골목에 '예술통'이라는 문화예술 공간을 만든 뒤, 다양한 문화 행사를 진행하고 있었다.

그런 그에게 물었다.

이렇게 들어야 깊어져요

"평소 예술에 조예가 깊었나 봅니다."

그의 답은 비현실적으로 들릴 만큼 놀라웠다.

"아닙니다. 나는 고개를 몇 개나 넘어야 갈 수 있는 외진 산골에서 살았어요. 수학 교재에 쓰인 캐러멜이라는 단어를 보고, 그게 도대체 무엇인지 궁금할 정도였으니 말이죠."

그는 아버지를 일찍 여의고 서울로 돈을 벌러 간 어머니와 떨어져 외할머니와 살았다고 한다. 중학교 때 어머니를 만나러 서울에 와서는 추운 겨울, 동네 미용실에서 잠만 자며 생활하기도 했다는 이야기를 털어놓았다.

"일곱 살 때 아버지가 돌아가셨죠. 어머니는 돈 벌러 서울 가시고 난 외할머니랑 살았어요. 늘 가난했습니다. 중학교 때 서울에 와서 어머니를 만났지만, 집이 없어 포장마차에서 지냈습니다."

박 대표의 이야기를 들으며 나는 표정으로만 대화했다. 굳이 이런 말을 할 필요가 없었다.

"어머, 그랬어요? 정말 슬프네요."

"정말로 감동적인 스토리군요."

옛날 고생했던 이야기를 덤덤하게 털어놓는 극적인 상황을 망치고 싶지 않았다. 상대의 눈을 바라보고 감동하며 듣는 내 표정만으로도 대화는 충분히 무르익었다. 박 대표는 자신의 개인적인 이야기를 더 이어갔다.

본인이 아끼던 카메라와 악기를 팔아서 '예술통' 건립 자금을 마련했다는 에피소드였다.

"어느 날, 내가 빚이 많은 사람이라는 생각이 들었어요. 나는 광고 사업으로 돈을 벌었는데, 대학 학비를 내거나 책을 산 적도 없었지요. 을지로와 충무로가 내 학교였고, 가게 사장님들이 내 선생님이었습니다. 그때까지 내가 수집하고 아끼던 카메라와 악기를 팔기 시작했죠. 당시 희귀 카메라 등을 많이 갖고 있었는데, 그것들을 판매해 4억 원 넘게 만들었습니다."

본인이 사회로부터 받은 게 많고, 그것을 곧 자신의 빚이라고 여겼다는 것이다.

이런 놀라운 이야기를 들으면서도 나는

"진짜 대단하시네요."

"어머나! 어찌 그런 결정을 하셨나요."

이런 말보다는

"우와~"

감탄과 함께 눈을 동그랗게 뜨며 놀랍다는 표정을 지었다. 물론 연출된 표정은 아니었다. 저절로 나온 탄성이었다.

사실, 나는 여러 가지 미사여구로 상대의 결단을 칭찬할 수도 있었다. 하지만 그러지 않았다. 표정으로 반응하며 듣는 게 더 강력한 메시지라는 걸 알았기 때문이다. 그게 훨씬 효율적이다.

대화 상대와 제대로 교감하게 만드는 것은 바로 비언어적 단서다.


## 메마른 대화에 내리는 단비

대화는 질문과 대답을 반복적으로 주고받는 기계적 상호 작용이 아니다. 서로의 얘기에 공감하고 마음을 열어야 진정한 대화다. 말만으로는 이런 대화가 어렵다. 분위기를 조성하고, 표정이나 말투 그리고 제스처가 가세해야 비로소 마음이 통하는 대화를 완성할 수 있다.

대화 상대는 내가 고개를 끄덕일 때 나의 공감을 느끼고, 내가 입꼬리를 올리며 살짝 미소 지을 때 마음이 편해진다. 그런 의미에서 비언어적 단서는 대화 속 단비가 된다.

대화 상대가 마음을 여는 것은 십중팔구 비언어적 단서를 통해서다. 열 마디 말보다 단 한 번의 진실한 비언어적 단서가 사람의 마음속을 파고든다는 사실을 알아야 한다. 상대가 마음을 열고 나에게 친근감을 느끼는 건 일순간이다.

딱딱한 주제의 대화일수록 비언어적 단서에 좀 더 신경을 써 보자. 상대가 어렵고 자리가 불편하다면 말보다 비언어적 단서를 활용해 대화에 임하는 게 훨씬 효과적이다.

현란한 말 없이도 친해질 수 있는 길이 바로 여기에 있다.

몰라도 좋아, 참신하니까

전문가는 해당 분야에서만 전문가일 뿐

세상에서 가장 현명한 사람은 아니다.

오히려 그 분야에 문외한인 나의 참신한 시각이

대화에서 맛깔난 양념으로 작용할 수 있다.

## 비전문가의 힘

상대가 전문가이고 나는 비전문가일 때, 보통은 대화가 안 풀리거나 어렵다.

괜히 주눅이 들어서 잘 아는 내용도 생각이 안 나고, 말 한마디도 조심스러워 입이 잘 안 떨어진다. 난 영락없이 볼품없는 모양새를 취하며 기가 죽는다. 그저 상대의 이야기만 잠자코 들을 뿐이다.

하지만 생각을 좀 바꿔보면, 전문가와 이야기할 때 기죽지 않고 당당하게 대화에 임할 여지는 충분히 있다.

우선 포기할 건 좀 포기하고 내려놓는 자세가 필요하다.

없는 지식을 앞세워 대화를 이끌어보겠다는 의지는 아쉽지만 버려야 한다. 전문가가 아닌 이상 아무리 노력해도 상대보다 더

꼼꼼하고 세심한 내용으로 대화를 이끌 수는 없다. 내가 아무리 애써봐야 상대의 전문성은 나에게 넘을 수 없는 벽이다. 그러니 현실을 인정하는 건 빠를수록 좋다. 괜한 무모함으로 아는 척해봐야 대화를 엉뚱한 방향으로 몰아갈 뿐이다. 그럴수록 나만 우스꽝스러워진다.

이럴 때 챙겨야 할 요소는 양념이다.

대화의 전체적인 모양새를 먼저 떠올리고 내가 어떤 역할로 어떤 참신한 얘기를 곁들일 수 있을지 고민해보는 것이다. 음식으로 치면 상대는 주재료이고, 나는 양념이다. 양념이 맛있으면 음식 맛이 사는 법. 어쩌면 양념이 더 포인트가 될 수도 있다.

그다음은 대화 주제와 관련한 핵심 단어를 쭉 꿰어 숙지하는 것이다. 비전문가 입에서 툭툭 나오는 전문 단어는 상대를 긴장시킨다. 상대가 '이런 내용은 모르겠지'라고 생각하던 차에 듣고만 있던 내가 꽤 전문적인 단어를 사용하면 내심 놀랄 수밖에 없다.

'의외로 전문 지식이 많은 것 같네. 나도 좀 더 신중하게 얘기해야겠군.'

상대로 하여금 이런 생각이 들게끔 해야 한다. 이른바 전문 지식 벼락치기 전략이다.

마지막은 상대에게 익숙하지 않은 질문을 던지고 그 답을 홍

미롭게 듣는 것이다.

전문가인 상대는 이제껏 자신한테 익숙한 프레임으로 대화를 이끌었을 것이다. 하지만 전혀 새롭고 참신한 질문을 받는다면 대화의 방향이 확연히 달라진다.

우리에겐 낯선 직업인 '식생활 소통 전문가' 안은금주 빅팜컴퍼니 대표를 만났다. 팔도강산을 직접 누비며 각종 식재료를 연구하고 농민들과도 소통하며 식문화 관련 사업을 운영하는 전문 CEO였다. 내가 비록 요리에 좀 관심이 많다고는 해도, 안 대표 앞에서 내 지식은 차라리 말 안 하느니만 못했다. 나의 전략은 식문화, 식재료, 농업 등의 이슈를 직접 다루기보다 간접적이고 참신한 관점으로 대화를 이끌어가는 것이었다.

"대구·경북은 정치적으로도 보수 색채가 있는데 음식도 그런가요?"

안 대표로서는 정말 한 번도 들어보지 못한 질문 아니었을까 싶다.

"경북 내륙은 유교 성향 문인들의 집단 문화가 질답니다. 관혼

상제, 통과의례 예법을 규율화해서 제사 음식 등에 적용했지요. 하나의 양반 문화로 따라갈 수 있도록 말이지요. 물류가 발달하며 섞였을 뿐 예전 산간 지역은 외부와 교류가 잘 이뤄지지 않았어요.

경북 내륙의 맛을 표현하자면 스타카토와 같이 찌르는 맛이에요. 음식을 먹었을 때 이것은 마늘, 이것은 고춧가루, 이런 식으로 확실해야 합니다. 뭉근한 맛보다 딱딱 제 맛이 나야 합니다. '네 맛도 내 맛도 아닌 맛'은 안 되지요."

정치 성향과 음식 문화를 함께 논한 안 대표의 대답도 재미있었지만, 이런 대화를 끌어갈 수 있었던 것은 양념같이 참신한 화두를 던진 덕분이었다. 호기심에서 이어진 흥미진진한 대답을 들은 것만으로도 '비전문가'인 나의 역할을 충분히 다한 셈이다.

## 참신한 듣기로 만드는 나의 페이스

대화의 방향을 좀 더 내 의도대로 가져갈 수 있다면 좋은 일이다. 하지만 그것을 누가 이기고 지고의 문제로 여기며 주도권에 집착한다면 그 대화의 결과는 뻔하다. 대화에서 너무 전투적일 필요는 없다.

전문가와 대화할 때는 기본적으로 잘 듣는 데 중점을 두겠다는 자세가 바람직하다. 상대의 얘기를 충분히 몰입해서 잘 듣고, 그가 무슨 말을 하려 하는지, 즉 이야기의 핵심이 무엇인지 찾아내는 연습은 아주 유용하다. 이로써 새로운 질문을 찾아내고, 미처 몰랐던 포인트를 잡아내는 능력을 키울 수 있다.

전문가와 대화할 때는 간혹 주제에서 살짝 빗나간 질문을 던짐으로써 분위기를 전환하는 것도 좋다. 예상외의 재미난 이야기를 들을 수도 있기 때문이다. 비전문가의 시각으로 상대가 깜짝 놀랄 만한 반전을 제시할 수 있다는 뜻이다. 사실 이런 양념 같은 이야기를 끌어내는 것이 대화의 능력이다.

이렇게 들어야 깊어져요

고민을 나누면 친해진다.

내 작은 도움을 보태려는 태도와

내 작은 경험을 공유하려는 시도가 상대와 나 사이에

친근한 동지 의식을 만든다.

나는 당신의 고민 해결사

## 고민이 곧 기회다

당신의 고민은 무엇인가?

사람에게는 최소한 한두 가지 고민이 있게 마련이다. 사소한 고민일 수도 있고, 중대한 고민일 수도 있다. 당장 내 눈앞의 대화 상대에게도 고민과 걱정거리가 있다.

연세가 좀 있는 상대라면 건강 관련 고민거리가 있을 확률이 높다. 당뇨병, 고혈압, 심장·순환기계 문제, 아니면 근력 약화로 움직임이 불편할 수 있다. 젊은 여성이라면 결혼, 취업, 출산, 육아 및 직장 생활 등이 이슈일 것이다. 중년 남성은 승진, 퇴직 후 노후 설계, 자녀와의 대화 단절, 자녀의 진로, 과도한 교육비를 걱정하고 있을지 모른다. 이 외에 고민 아닌 고민도 있다. 맛집을 못 찾아 고민, 사고 싶은 물건을 어느 사이트에서 구매해야 더 저렴할지 고민, 오랜만에 데이트를 하는데 어느 코스가 좋을지 고민…….

고민이 좋은 일은 아니지만, 역설적으로 아주 좋은 대화거리다. 게다가 상대의 아킬레스건을 보듬을 수 있는 해결책을 알고 있다면 대화를 수월하게 이어갈 수 있다.


주식회사 부모의 윤선우 대표를 만났을 때다. 그는 아이를 키우는 엄마였고, 나 역시 아이를 셋이나 키우고 있었다. 우리 둘 사이에는 비슷한 고민거리가 있을 수밖에 없었다. 아이가 학교 생활을 잘하는지, 적성은 제대로 찾고 있는지, 부모로서 어떻게 해주는 것이 아이를 위한 길인지 등등 한국 엄마들의 보편적 고민거리에 워킹 맘의 고민거리도 있었다.

그래서 윤 대표를 만나는 순간, 나와 잘 통할 것으로 확신했다. 몇 마디 인사말을 나누고 나니 역시나 윤 대표는 아이와 더 많은 시간을 보내지 못해 미안해하는 눈치였다.

나는 이런 말로 대화를 이어갔다.

"바쁜 엄마라서 미안해할 이유는 없어요. 아이는 아이의 삶, 엄마는 엄마의 삶을 사는 것이고, 모든 엄마의 사랑은 똑같이 위대하죠."

북유럽 엄마들의 육아에 대한 책을 쓴 나는 내가 경험한 외국 엄마들의 양육 철학을 소개하면서 처음 만난 윤 대표와 자녀교육 이야기를 이어갔다. 윤 대표가 평소 아이를 키우며 느끼는 어려운 점에 대해서도 귀 기울여 들었다. 이미 아주 친근해진 분위기에서 말이다.

이윽고 본격적인 대화가 이어졌다.


"지금 우리 아이들이 성인으로 성장한 시점에는 세상이 많이 달라져 있을 거예요. 그럼 무엇을 대비해야 할까요?"


어느 정도 친밀감이 형성된 윤 대표는 흥이 나서 대답했다.


"행복한 교육을 해야죠. 인간에겐 자기 행복을 추구할 권리가 있습니다. 아이도 마찬가지고요. 그런데 아이들은 자신이 뭘 할 때 행복한지 스스로 깨닫지 못해요. 부모나 사회가 해줘야 합니다. 아이들이 적성을 찾아갈 수 있는 다양한 환경을 만들어주는 게 필요합니다."


어색한 상대와 이런 주제의 대화를 하면 자칫 낯간지럽기 십상이다. 하지만 고민을 들어줄 수 있는 친근한 상대와는 다르다. 서로 생각을 나누며 위안을 얻는 깊은 대화가 가능하다.

상대의 고민거리를 확인했다면 먼저 그것을 듣고 보듬는 상담사 역할을 하는 게 좋다. 동시에 고민을 많이 들어줄수록 좋다. 내가 알고 있는 경험과 지식을 총동원해 조금이라도 도움이 될 만한 정보를 전달하는 데 힘쓰는 것이다. 자신의 고민에 공감하는 사람에게는 누구나 마음을 연다. 그다음의 대화는 부드럽게 이어질 것이다.


## 고민으로 친해지기


상대의 고민 얘기를 들어준 다음에는 내 고민도 살짝 털어놓을 만하다.

물론 어디까지나 누울 자리를 보고 다리를 뻗어야 하지만 말이다. 심각한 고민 상담을 의뢰하라는 건 절대로 아니다. 그냥 나도 상대와 비슷한 걱정거리를 안고 살아가는 평범한 사람임을 보여주는 정도면 충분하다.

우리는 누군가와 동질감을 느낄 때 친근감이 생긴다.

동향 사람과는 쉽게 친해지고, 같은 학교를 졸업한 동문이라면 반가운 게 인지상정이다. 상대와 친근해지기 위해서는 뭐라도 비슷한 점을 찾는 것이 좋다. 특히 고민거리가 비슷하면 더 쉽게 친해질 수 있다. 내 아픔이 상대도 겪는 아픔인 걸 알면 심리적 거리는 좁혀진다.

단, 상대의 아킬레스건에 대해서는 절대 비밀 유지를 해야 한다는 걸 명심하자. 아무리 나와 비슷한 고민거리를 갖고 있더라도 프라이버시는 존중해야 한다. 이런 조심스러운 접근을 잊는다면 자칫 철천지원수가 될 수도 있다.

대화에서도 기승전결을 의식하자.

스토리텔링을 구성하는 쪽이 대화의 중심에 선다.

## 스토리텔링의 기술

상대가 내 이야기에 빠져들면 대화 주도권은 자연스럽게 나에게 온다.

빠져들게 하는 것이 어려울 뿐이다.

배꼽 잡게 우스운 이야기를 해야 하나?

남들은 모르는 특급 정보를 알려줘야 하나?

주도권 잡으려고 괜히 무게를 잡거나 과장된 허언을 늘어놓는 것은 최악이다. 처음엔 혹할지 모르나 오래가지 못한다.

내가 원하는 대로 대화를 이끌려면 스토리텔링 기법이 좋은 방법이다.

재미있는 이야기를 하는 느낌의 스토리텔링 대화는 자연스럽게 상대를 집중하도록 만든다. 아무리 짧은 대화를 하더라도 그

안에 스토리가 있으면 상대는 내가 구성한 이야기 속으로 빠져든다.

그렇다면 스토리는 어떻게 만들까?

다짜고짜 동화를 지어낼 수도 없는 노릇이다.

대화를 이야기처럼 전개하기 위한 기본 법칙이 있다. 대화 속에 '기승전결'을 넣는 것이다. 우리가 국어 시간에 한 번쯤 배웠던 바로 그 기승전결 말이다. 처음에는 분위기를 좀 깔고, 점점 고조시키다가, '짜잔' 하고 절정에 다다른 뒤, 멋지게 마무리하는 것이다. 기승전결을 가미한 대화에는 적당한 호기심과 긴장이 솟아나기 마련이다. 상대가 점점 대화 속으로 몰입하면 내 존재감은 커진다.

아무리 짧더라도 대화 속에 스토리를 담는 것은 해볼 만한 효과적인 기술이다. 마치 3분짜리 다큐멘터리를 제작하듯 대화 전개를 먼저 구성해보는 것이다. 물론, 스토리텔링 형식의 대화에 익숙하지 않은 사람은 시간이 좀 걸릴 테지만 말이다.

## 상대로부터 듣는 스토리

그런데 이 스토리를 꼭 내가 풀어낼 필요는 없다. 어떤 상대를 만나더라도 내가 원하는 스토리를 들을 수 있다면 그것 역시 대단한 능력이다.

피부과 전문의로 유명한 임이석 원장과 대화를 나눌 때였다.

피부에 관한 정보는 전 국민 누구에게나 관심사다. 내가 어떤 말을 하더라도 임 원장이 대화를 주도할 게 분명했다. 도대체 피부에 관해 누가 내 말에 귀를 기울이겠는가. 그러나 적어도 내가 원하는 방향으로 대화를 끌어가고 싶었다. 그래서 사용한 것이 기승전결을 적용한 스토리텔링 기법이었다.

내가 궁금한 것, 남들도 궁금해하는 것을 모아서 중구난방으로 이야기한다면 대화 속에서 나의 존재는 없어진다. 내가 하는 말이라곤 고작

"아! 네."

"그렇군요."

"처음 알았습니다."

"대단하네요."

이 범주에서 벗어나지 않을 게 뻔하다.

나는 우리가 나눌 대화의 기승전결을 의식하며 그의 이야기를 들었다. 그리고 기승전결의 첫 단계를 시작했다. 분위기를 형성하기 위해 먼저 피부과의 현실에 대해 질문한 것이다.

"피부과가 이제는 피부병 치료보다 아름다움을 관리하는 데 더 신경을 쓰고 있어요. 이른바 '돈 안 되는 손님'은 눈치를 보게 되죠."

"유감이죠. 피부 질환은 보지 않고 미용 치료만 하는 일부 피부과가 생기면서 나타난 부작용입니다. 피부 질환을 잘 치료하는 분이 좋은 피부과 의사입니다."

다음은 두 번째 단계였다. 점점 이야기의 분위기를 끌어올린 것이다.

"도대체 왜 그리고 언제부터 우리 국민이 아름다움에 집착하게 됐을까요? 연예인뿐 아니라 이젠 정치인과 기업인도 굉장히 신경을 쓰고 있어요."

"우리는 피부가 좋은 민족입니다. 예전 일본에서는 성형이나 미용 시술을 하는 경우가 많았지요. 경제가 발전하고 관련 기술을 빠른 속도로 키워가면서 우리나라도 국민의 미용 수요를 감당할 수 있게 되었죠. 현재는 미용 치료 기술 측면에서 미국이나 일본보다 앞서 있다고 볼 수 있어요. 여기에 한류도 한몫을 해서 한국에 오는 외국 손님이 많아지니 더 신경을 쓰게 되었죠. 또 동안이나 예쁜 외모가 경쟁력이 되는 세상이 되었고, 노화 방지에 관심이 높아진 이유도 있습니다.”

그리고 가장 중요한 세 번째 단계. 피부과 전문의는 ‘아름다움’을 어떻게 규정하는가, 전문가가 볼 때 가장 아름다운 모습은 무엇인가. 이런 내용이야말로 이 대화에서 제일 중요한 부분이다.

“그럼 과연 방부제 미모라는 게 가능한가요?”

“본인 나이보다 열 살에서 열다섯 살 정도 젊게 보이도록 하며, 깨끗한 피부를 유지하는 것이 최선입니다. 그것보다 더 젊어 보이고자 하면 어색해지죠. 줄기세포 등 새로운 의료 기술이 나올 수는 있겠지만 70대 피부를 30대처럼 유지하기는 어려울 겁니다.”

마지막 단계는 결론이다.

“진정한 아름다움은 어떤 것인가요? 아름다워지면 행복해질

까요?"

누가 보더라도 대화를 마무리할 만한 소재다. 앞서 우리는 피부과의 각종 시술 사례, 장점과 부작용, 피부 관리 노하우, 피부 관리의 최근 경향 등 재미난 이야기를 많이 나눴다. 이 모든 내용을 아우르며 유종의 미를 거둘 만한 질문으로 손색이 없었다.

"아름다워지면 행복해집니다. 그런데 그 아름다움이란 무조건 꾸미고 젊게 보이는 것을 의미하지 않아요. 70대나 80대가 되어서도 인자한 주름과 건강한 미소를 가졌으면 좋겠습니다. 그런 표정을 지닌 부부의 사진을 가지고 있어요. 그런 것이 정말 아름다움이라고 생각합니다. 진정한 아름다움은 자연스러우면서도 본인 나이보다 약간 젊어 보이는 것입니다. 얼굴에는 행복이 담길 수 있어요. 그런 차원에서 아름다워지면 행복해지는 것이지요."

대화는 흥미로웠고 듣고 싶은 얘기도 다 들었다. 내가 원하던 알맹이 있는 대화였다.

대화의 마무리 역시 감동적이었다. 무엇보다도 다행인 점은 내가 끌려다닌다는 느낌이 전혀 없었다. 내가 만든 기승전결에 따라 그의 이야기를 이끌어냈기 때문이다.

대화의 기승전결을 갖추라는 게 소설을 쓰라는 의미는 아니다.

내가 풀어가고 싶은 이야기가 있다면 그걸 짤막한 스토리로 만들고, 대화의 초점을 내가 만든 프레임에 집중되게 하라는 간단한 논리다. 스토리는 내가 펼쳐갈 수도 있고, 상대의 입을 통해 이어갈 수도 있다. 요컨대 처음부터 마지막까지 대화의 구조를 어설프게나마 미리 짠 다음 대화를 시도하는 것이다.

무엇을 들을지, 어떤 이야기를 듣고 싶은지 상상하는 것은 누구나 할 수 있다.

# 아무 말이나 하지 마세요 **"**

{            }

3

# 맛 좀 있는 아나운서의 대화법?

아나운서의 대화에는 분명 특별한 것이 있다.

그러나 아나운서도 대화를 잘하기 위한

노력을 쉬지 않는다.

## 아나운서에 대한 오해와 진실

아나운서는 흔히 언제든 누구와도 대화를 술술 잘 풀어낼 것이라는 기대를 받는다.

그건 오해다.

대화를 잘 나누는 것은 개인의 특별한 능력이다. 아나운서가 그 특별한 능력을 가진 사람은 아니라는 얘기다. 아나운서는 정확한 발음과 효과적인 의미 전달을 훈련받은 직업군이다. 직업상 대화를 자꾸 하다 보니 그 능력이 향상된 것일 뿐 아나운서의 기본 자질과 대화 능력은 분명 차원이 다른 두 분야다. 아무리 '잘나가는' 아나운서라도 대화 훈련이 돼 있지 않으면 여느 평범한 사람들과 크게 다를 바 없다. '대화 잘하는' 아나운서는 그만큼 노력하는 사람이다.

그렇다면 아나운서 타이틀은 '대화'에서 전혀 쓸모가 없을까.

아니다. 매우 쓸모 있다.

훈련을 잘 받은 재능 있는 아나운서들에게 배울 점도 아주 많다.

무엇보다도 아나운서는 정확한 발음과 귀에 쏙 들어오는 발성을 가진 사람들이다. 분명 대화의 효과를 배가시키는 장점이다. 이들은 의미 전달력에 대해서는 신경을 좀 덜 써도 되는 특혜를 누린다. 그러다 보니 대화의 부수적인 기교보다 본질에 더 집중하는 경향이 있다. 무슨 말인가 하면 아나운서는 대화 내용을 더 부각시키고, 대화가 원활해지고, 집중력을 높일 수 있는 본질적 측면에 더 몰입한다는 얘기다. 이처럼 대화를 명쾌하게 하는 데는 많은 노하우가 필요하다.

그리고 언제나 올바른 어법으로 말하고 바른 자세로 사람들 앞에 서는 것이 아나운서의 일이다. 그들의 언행을 듣고 보는 것만으로도 교육적 효과가 있다. 그들의 표준어 발음을 듣고 따라 할수록 당연히 언어 습관은 좋아진다.

마지막으로, 방송에 익숙한 아나운서는 일상에서도 대화 분위기를 최적으로 유지한다. 대화의 맥이 끊기려 하거나 다른 방향으로 흐르려 할 때 바로 중심을 잡을 줄 안다. 마치 방송을 하듯 대화할 때도 진행 능력을 발휘한다.

아나운서는 같은 말을 해도 멋지고, 표현은 좀 더 매력 있게 들린다.


## 아나운서의 우아한 표현


중년의 나이에 훌쩍 들어선 아나운서 선배 2명을 만나 대화하던 중 나는 문득 이런 화두를 꺼냈다.

"인생의 이 시점에서 돌이켜보면, 여자는 어떻게 살아야 한다고 생각하세요?"

현재 언론학 교수로 활동하고 있는 오미영 선배의 답은 이랬다.

"사람의 삶을 먼저 생각하는 것이 순서지요. 보통은 젊을 때가 여자라고 생각하죠. 그러나 50세가 넘으니 오히려 그것을 벗을 수 있어서 행복할 수 있어요. 남들이 여자라고 생각하지 않는 나이에 도달하고 나서부터 진짜 여자의 삶이 아닌가 생각합니다."

프리랜서 방송인으로 바쁘게 지내는 윤영미 선배는 이런 의견을 들려줬다.

"자기 천성대로 사는 것이 여자로서 행복하죠. 정답은 없어요. 예컨대 죽을 때까지 남자 의존적인 여자라 하더라도 그렇게 사는 것이 행복할 수 있으니까요."

간단명료한 답이었지만, 그들의 표현은 우아했고 머리에 쏙 들어왔다.

아나운서의 표정, 몸짓, 목소리는 물론이거니와 몸에서 배어 나오는 자신감과 확신에 찬 어투는 누구와 대화하더라도 매우 유리한 자산이다.

대화 내용에 집중할 수 있는 최적의 조건을 갖춘 아나운서의 대화법에는 우리가 알아야 할 중요한 사실이 있다. 먼저, 그들도 대화를 잘하기 위해 일정 수준의 노력을 기울인다는 것. 그리고 약간의 관심만 있다면 아나운서가 아닌 누구라도 대화의 전문가 같은, 아니면 최소한 전문가처럼 보일 정도의 대화를 할 수 있다는 것.

나 역시 대담 인터뷰를 진행하며 대화할 때는 발성, 복장, 자세, 표정에 신경을 썼다. '작가 황유선', '교수 황유선'보다는 '아나운서 황유선'의 태도로 임했다. 매번 대화의 주제, 장소, 분위기, 상대와 어울리는 의상을 입고 아나운서처럼 말했다. 방송이 아니더라도 단정한 아나운서가 진행하는 생방송 토크쇼 같은 느낌으로 대화가 이뤄지면 상대도 훨씬 진지한 자세로 임한다. 대화 내내 흥미가 식지 않고 적당한 긴장감이 있어 생기가 돈다. 이런 상황에서 오고 간 대화의 결과가 더 내실 있고 흥미진진한 것은 당연하다.

"나는 당신을 이해합니다."

상대가 감동해 마음의 문을 여는 데는

말 한마디로 충분하다.

작은 감동이면 차고 넘치니

본전도 못 건지는 '척'을 경계하자.

감동은 그냥 말로만 주는 것

## 감동 없이는 대화도 없다

"당신을 사랑합니다."

"당신이 최고예요."

"당신만 기다렸습니다."


이 말들에는 공통점이 있다.

듣는 사람의 기분이 좋아지는 한마디다.

사랑 고백, 찬사, 배려의 말로 상대에게 감동을 선사한다.

비록 그냥 기분 좋으라고 하는 말뿐인 걸 알더라도 싫지 않다.

대화를 나눌 때 군이 감동까지 필요할까.

물론 필요하다.

감동 없이는 마음이 통하는 대화를 할 수 없기 때문이다. 오히려 감동이 없다면 말만 주고받고 마는 형식적 대화가 될지도 모른다. 껍데기뿐인 대화다.

진정한 대화 속에는 언제나 마음의 울림이 있다.

그렇게 감동한 상태에서 마음이 열리고 대화가 이루어진다.

문제는 감동을 주는 일이 쉽지 않다는 것.

어떻게 하면 감동을 주는 대화가 가능할까.

나는 가끔 마음이 답답하거나 허전할 때, 갑작스럽게 연락해서 만나는 지인이 있다. 나와는 거의 25년 세월을 알고 지낸 언니다. 나이 차이는 크지 않으나 그는 20대 중반부터 압구정동에서 나름의 사업장을 운영해오고 있다. 그동안 금융 위기, 외환 위기, 각종 사회·정치적 변혁기를 거치며 위태로울 때도 있었지만 여전히 건실하게 자신의 위치에서 당당히 서 있는 맹렬 CEO다.

그를 만나면 내 입에선 늘 이런 말이 나온다.

"언니! 정말 대단해."

"언니! 이렇게 바삐 지내면서 어쩜 늘 활기차?"

"경기가 나쁜데도 직원들 월급 꼬박꼬박 챙기다니 진짜 능력자야."

너무나 오랜 지인이니 굳이 마음에도 없는 칭찬을 하거나 빈말을 할 필요가 없는 사이다. 그럼에도 난 하루하루 최선을 다해 열심히 사는 그를 볼 때마다 찬사를 보내고야 만다. 우리의 대화는 대개 이렇게 나의 감동 어린 말투로 시작된다. 감동으로 시작한 우리 대화가 매끄럽게 이어지지 않을 이유는 하나도 없다. 서로 격려하고 위로하는 대화가 끝날 때쯤이면 저절로 마음이 힐링된다.

내 말을 듣고 상대의 마음에 작은 감동이 싹트면 그다음부터는 그에 상응하는 답변이 나오기 마련이다. 당연히 대화에 활력과 진정성이 깃들며 이야기가 순조로워진다. 그러니 형식적으로라도 감동을 줄 수 있는 말 한마디는 필요하다.


## 감동으로 가는 간단한 한 걸음

처음 보는 사람일지라도 감동을 주는 말 한마디는 큰 무게를 갖는다. 감동을 안겨주는 말은 무궁무진하지만 특히 낯선 사람, 어려운 사람 앞에서 쓸 수 있는 한마디는 따로 있다.

"내가 비록 자세히는 모르지만 당신의 입장을 충분히 이해한다"는 취지의 말이 그것이다. 그건 '나는 당신 편'이라는 단서만으로도 충분하다.

"나도 당신과 같은 경험이 있답니다. 그래서 당신을 이해하죠."

141

아 무 말 이 나 하 지 마 세 요

"나도 당신과 같은 방식으로 생각해요. 그래서 당신을 이해하죠."

"나도 가끔 당신과 같은 상황에 처한답니다. 그래서 당신을 이해하죠."

"나도 당신과 같은 말을 할 때가 많아요. 그래서 당신을 이해하죠."

"나도 그런 말을 자주 들어요. 그래서 당신을 이해하죠."


말 한마디라도 상대를 이해한다는 방향이면 족하다.

누군가를 처음 만나 대화할 때 어려워하지 말고 복잡하게도 생각하지 말자. 상대를 이해한다는 취지의 말 한마디만 들려주면 된다. 그를 이해하고 그의 견해에 동감한다는 말 한마디로 상대의 마음엔 작은 감동이 움튼다. 이로써 둘 사이에 존재하던 벽의 일부가 무너진다.

굳이 처음부터 큰 감동을 심어주려 애쓸 필요도 없다.

그건 불가능하기도 하고, 가식적인 것 같아 거부감이 생긴다. 간단한 말 한마디면 된다. 행동으로써 깊은 감동을 주는 것은 친해진 다음에나 생각해볼 일이다.

## 망하는 길로 가는 '척'

감동을 주려고 노력하는 건 좋지만, 자칫 오버하는 순간 일을 그르치고 만다. 노력도 과하면 독이 된다. 특히 어려운 상대일 경우는 말이다. 가식적인 동조도 낭패를 부른다. 수선 떠는 것도 경계해야 한다. 감동 주기를 미션처럼 여기고 집착할 필요는 하나도 없다.

다음은 본전도 못 건지게 만드는 '척' 시리즈다.

속으로는 이해하지 못하면서 '다 알고 있는 척'.

상대의 인생관이 이상하다고 여기면서 '존중하는 척'.

상대가 묘사하는 내용을 상상도 못하면서 생생하게 '와닿는 척'.

상대가 좋아하는 스타일이 별로면서 '호감이 있는 척'.

거짓 반응보다는 감동을 못 주더라도 그냥 아무 말 않는 게 차라리 낫다. '척'하는 호들갑은 감동은커녕 나를 비호감 인물로 전락하게 만드는 지름길이다. 겉과 속이 다른 사람, 믿을 수 없는 사람이라는 인상만 줄 뿐이다. 지각 있는 사람이라면 이런 상대에게는 즉시 마음의 문을 닫는다.

# 허심탄회? 그건 함정!

허심탄회하면 진솔한 대화가 가능하다.

그렇다고 억지로 허심탄회를 연출하면 대화에 실패한다.

대화가 잘되면 상대가 먼저 허심탄회해진다.

## 왜 허심탄회해야 하는가

'허심탄회'라는 단어는 긍정적 느낌을 준다.

허심탄회한 사람은 멋지고 쿨해 보인다. 허심탄회한 관계는 솔직하고 여유 있어 보인다. 그런데 여기엔 주의해야 할 점이 있다. 사람들은 보통 허심탄회를 인간관계의 도구로 여긴다. 그래서 종종 허심탄회를 도구 삼아 대화하려 한다. 하지만 바로 그 순간 대화도, 관계도 본인 중심이 되고 일방적으로 변한다.

허심탄회란 서로를 동등하게 느끼는 것이지 누군가의 도구가 아니다. 이것을 망각할 때 허심탄회는 오히려 상대를 불편하게 만든다.

허심탄회한 태도가 대화에 도움을 주는 건 맞다.

그걸 본능적으로 아는 우리는 흔히 이렇게 말한다.

"우리 허심탄회하게 얘기해요."

하지만 이런 얘기를 꺼내는 순간부터 허심탄회가 나의 전략적 도구임을 고백한 셈이다. 허심탄회한 말과 행동은 저절로 우러나와야 하는데, 그걸 대화에 임하는 태도라고 규정해버리니 상대에게 부담을 줄 수밖에 없다. 억지로라도 허심탄회하게 말하고 행동하라는 심리적 압박을 심어주는 것이다.

더 중요한 건 허심탄회해야 하는 이유다.

왜 군이 이 시점에 허심탄회하게 말해야 하는가.

그저 나 편하자고? 아니면 허심탄회해야 당당해 보여서?

특히 어려운 사람과 대화할 때일수록 당당해질 필요는 있다. 대화는 다양한 위치에 있는 사람들이 인간 대 인간으로 소통하는 것이기 때문이다. 그렇다고 해도 아무 이유 없이 의도적으로 만들어낸 허심탄회는 대화를 유리하게 이끌고 싶은 이기적 도구 이상도 이하도 아니다.

## 허심탄회한 대화란 이런 것


무더운 여름이었다.

아기자기한 카페에서 이보은 요리 연구가와 유민주 파티시에를 만나 대화할 기회가 생겼다. 두 여성은 모두 방송에서도 유명세를 타고 있는 꽤 잘 알려진 셀럽이었다. 외모도 근사하고 말솜씨도 화려했다. 나는 두 사람을 개인적으로 알고 있었지만, 요리연구가와 파티시에는 서로 처음 만나는 사이였기에 대화 분위기가 처음에는 어색할 수밖에 없었다. 심지어 긴장감마저 감돌았다.

대화가 편안하게 이뤄지길 바랐던 나는 그때부터 '허심탄회'한 대화가 간절했다. 그런 가운데 평소에는 잘 들을 수 없는 식재료 이야기, 음식 문화의 세계, 요리하는 직업의 뒷이야기 등 귀를 쫑긋하고 들을 만한 내용이 오갔다. 서로 허심탄회하게 말할 기회를 찾던 나는 이렇게 물었다.

"두 분이 가장 좋아하는 음식은 과연 무엇인지 궁금해요."

흥미롭게도, 너무나 의외의 답변을 들었다.
먼저 이보은 요리 연구가는 이렇게 답했다.

"예전에 할머니가 해주신 토속 음식을 좋아해요. 마침 어제저녁에 오이지를 썰어서 고춧가루와 파, 마늘, 참기름, 깨소금으로 무쳐 삶은 국수에 넣은 뒤 내가 만든 매실고추장에 비벼 먹었지요. 그러고는 '산해진미가 따로 있나, 이것 하나면 되지'라고 했답니다."

이어 유민주 파티시에는 이렇게 말했다.

"저는 파티시에지만 한식을 좋아해요. 아무리 좋은 음식을 먹어봐도 엄마가 해주는 밥이 제일 맛있어요. 사랑 담긴 말 한마디가 들어 있는 음식이 좋더라고요. '오늘 힘들었지. 정말 잘하고 있어'라는 말과 함께 엄마가 차려주는 밥이 좋아요."

우리의 대화가 급속도로 허심탄회해지는 순간이었다.

내가 굳이 허심탄회를 주장하지 않아도 대화가 무르익으면 상대가 먼저 허심탄회해진다. 상대가 솔직한 얘기를 스스럼없이 공유한다면 그때부터가 진짜 허심탄회한 대화다. 이렇게 이뤄지는 대화는 잘된 것이라고 자부해도 좋다. 상대가 먼저 마음을 비우고 나에게 다가왔으니 말이다.

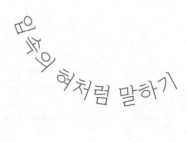

따옹의 혀처럼 말하기

사람마다 대화 유형이 다르다.

딱 맞는 옷을 입을 때 몸과 옷이 하나가 되듯

대화도 상대에게 딱 맞췄을 때

둘 사이의 이질감이 사라진다.

세상에는 별별 사람이 다 있다. 그만큼 대화 스타일도 각양각색이다. 우리의 상상을 초월할 정도다. 개중에는 특히 도무지 이해할 수 없는 사람도 있다는 것을 인정해야 한다. 하지만 생각을 바꿔볼 수 있다. 만일 내가 상대의 스타일에 맞춰 대화를 나눈다면 나는 누구에게나 호감을 주는 사람이 될 수 있다. 물론 매 순간 상대의 스타일에 맞춰야 한다는 강박관념에 빠질 필요는 없지만 말이다.

## 질문하기 좋아하는 그대

가장 흔한 예가 '질문형' 스타일이다. 즉, 상대에게 질문을 던져가며 대화하는 유형이다. 이런 사람은 십중팔구 남을 가르치기 좋아한다. 잘 들어보면, 그가 하는 말 중 상당 부분은 자신이 건넨 질문에 대한 부연 설명이다. 그는 질문을 던진 뒤, 상대가 대답을 못하거나 틀렸을 때 자신의 지식을 뽐낸다. 틀린 답을 말하는 상대에게는 왜, 무엇이 틀렸는지 가르쳐주며 즐거워한다. 상대가 정답을 맞혀도 거기서 끝이 아니다. 이유를 소상히 곁들이는 대화 속에서 그는 희열을 느낀다.

이런 상대를 만났을 때 애써 정답을 찾느라 스트레스받을 이유는 없다. 이 대화에서 정답은 중요하지 않다. 상대는 자신의 이야기를 풀어낼 소재가 필요할 뿐이다.

내가 가끔 참석하는 친목 모임이 있다. 멤버 중엔 성격 좋고 착한데 대화를 재미없게 하는 것으로 유명한 사람이 있다. 그런 그가 신나서 이야기를 풀어놓을 때는 자신이 질문을 하고 그에 대한 자세한 설명을 곁들일 때다. 한번은 새로 나온 최신형 핸드폰을 들고 와서 이렇게 물었다.

"이 핸드폰의 최대 장점이 무엇인 줄 아세요?"

물론 아는 사람도 있고, 모르는 사람도 있을 터였다. 전혀 관심 없는 사람도 있을 테고 말이다. 하지만 얼마나 주관적인 질문인가. 누구에게는 최대 장점이 누구에게는 하찮은 기능일 수도 있으니 말이다.

한 사람이 대답했다.

"모니터가 좀 더 커졌나요?"

"아뇨!"

또 다른 사람이 말했다.

"카메라 기능이 업그레이드됐나요?"

"맞아요! 이번 기종에서는 카메라 렌즈 …… 인물 사진을 찍을 때 사용하는 아웃 포커스 기능은……."

그는 눈을 빛내며 신나서 이야기를 늘어놓기 시작했다.

이런 상대에게 큰 호응을 보이며 맞장구를 쳐주고, 또 새로운 질문에 정답을 찾는 식으로 대화를 이어가면 별다른 노력 없이도 호감이 가는, 그래서 자꾸만 만나고 싶어지는 사람이 될 수 있다. 물론 내가 좀 괴로운 건 감당해야 한다.

비슷한 예로, '답정너' 스타일도 있다.

이를테면 자기만 답을 알 수 있는 질문을 던지는 유형이다.

이런 상대에게도 역시 덮어놓고 호응해주면 대화가 술술 풀릴 것이다. 단지 위의 경우처럼 내가 좀 괴로울 뿐이다.

## 과묵하게 앉아 있는 그대

상대가 먼저 질문할 때까지 입을 떼지 않는 사람을 만날 때도 있다. 이른바 '과묵' 유형이다. 이런 사람은 화제를 주도하기보다 대답하는 쪽을 더 편하게 여긴다. 그래서 자신이 먼저 운을 떼지 않고 상대의 질문을 기다린다.

이런 과묵함에는 대개 두 가지 이유가 있다.

원래부터 수줍음을 타는 성격 때문이거나 상대를 탐색하는 중이기 때문이다. 수줍음 때문이라면 큰 문제는 없다. 내가 적극적으로 대화를 수행하면 더 가까워질 수 있다.

하지만 상대를 탐색하는 중이라면 좀 신중해야 한다. 그는 내가 준비된 사람인가, 깊은 얘기를 나누어도 좋은 사람인가, 대화할 가치가 있는 인물인가를 가늠하는 중이다. 그렇다면 상대가 원하는 대화 방향을 잘 간파하는 센스가 필요하다.


지상파 기자 생활을 하다가 근현대사 관련 책을 집필하며 도시 역사 기행과 강연 활동을 왕성하게 하는 권기봉 작가와 대화를 나눌 때였다. 권 작가는 내가 하는 말에 친절하게 응수해줬으나 어딘가 좀 딱딱한 대화를 하고 있다는 느낌을 지울 수 없었다. 기자 출신이라 그런가? 대화가 흥미롭지 않은가? 속으로 별별 생각이 들었다. 빈틈없어 보이는 대화가 자칫 인간미 없게 진행되지 않을까 슬슬 걱정됐다.

그래서 그의 개인적 이야기를 좀 끌어내면 좋을 것 같았다.

"지상파 방송 기자로서 멋진 활약을 했고, 현재는 작가로서도 잘나가고 계세요. 요즘 부쩍 자기 책을 쓰고 싶어 하는 사람이 많은데, 그분들께 조언을 해줄 수 있을까요?"

"작가마다 다르겠지만 나에게 책을 쓴다는 것은 자기만족을 위한 게 아니에요. 나에게 책은 사회 현상에 대한 내 입장과 생각을 공유하고 의지를 드러내는 하나의 도구죠. 책 자체가 목적이 아니고 말입니다. 자기만족이나 성찰을 위한 거라면 책보다 일기를 쓰는 것이 낫겠지요. 그래도 책을 내고 싶다면 자비 출판도 있을 겁니다. 그런데 그렇게 책을 내고 끝내면 무슨 의미가 있을까요. 환경적으로 나무에게 미안한 일 아닌가요? 관객 없는 영화가 외롭듯 독자 없는 책도 쓸쓸할 뿐입니다."

차라리 일기를 쓰라는 말에 나는 고개를 끄덕이며 미소를 지었고, 괜한 출판은 나무에게 미안한 일이라는 말도 재미있었다. 이런 가운데 대화 분위기는 차츰 부드러워졌다.

상대가 과묵하다면 친근한 소재로 이야기할 거리를 자꾸 만들어내야 한다.

## 시큰둥해서 불편한 그대

마지막으로, 굉장히 냉소적인 반응으로 일관하는 '시큰둥' 유형이 있다. 이런 사람은 대화 시작부터 말을 걸기 민망할 정도로 말투가 뾰족하거나 아니꼬운 표정을 짓는다. 참 당황스럽다.

그러나 이런 어려운 사람하고도 가까운 대화 상대가 되는 방법은 있다. 그가 그런 태도를 보이는 이유를 알면 된다. 대개는 자신의 견해나 행동을 인정받고 싶지만 지금껏 그게 생각만큼 되지 않았기 때문인 경우가 많다. 다시 말해, 사람들이 그의 말을 제대로 받아들이지 않은 것이다. 그래서 형성된 방어적 태도가 그런 냉소로 표출되는 것이다. 이럴 때는 내가 좀 더 이해하고 공감하려 애써야 한다.

하루는 대학 병원에서 근무하는 의사와 이야기할 기회가 있었다. 워낙 똑 부러지는 성격인 데다 전공 분야에 대한 자신의 능력과 지식에 자부심이 굉장한 사람이었다. 그런 그에게 이렇게 물었다.

"병원에 진료를 받으러 가면 의사들이 굉장히 시큰둥할 때도 있고, 냉소적인 말투로 얘기할 때도 있어요. 도대체 왜 그런 건가요?"

"어떤 환자가 진료실에 앉아서는 '다른 의사는 이렇게 얘기하던데요?'라고 말하면 진짜 맥이 빠지죠. 그럼 그 의사한테 가지 왜 나한테 왔을까, 이런 생각도 들고요. 이런 일이 반복되다 보면 나도 모르게 처음부터 냉소적인 반응을 내비치게 되더라고요."

그의 대답은 모든 상황을 이해하기에 아주 명쾌했다.


## 인생을 업그레이드할 대화

내가 대담 인터뷰를 신문에 기고할 때 일이다.

가끔 어떤 인터뷰가 가장 인상 깊었는지 묻는 질문을 받았다. 대답하기 참 어려운 질문이다. 왜냐하면 인터뷰이들과 나누었던 대화 하나하나마다 그 성격이 너무나 달랐기 때문이다. 내가 마주해야 했던 많은 대화 상대는 제각각 자신의 우주에서 온 사람들이었다. 그들과 대화를 나눌 때 내가 느끼는 감정이 상이했고, 대화 도중 긴장의 포인트 또한 전혀 달랐다.

무엇보다도 대화를 잘 이끌기 위해 내가 지녀야 할 최소한의 기본 지식 영역이 달랐다. 준비를 철저히 하고 대화에 임할수록 더 깊은 대화를 나누며 공감대를 형성할 수 있었고, 결과적으로 나의 지적 소양이 한층 업그레이드되는 듯했다.

여기에서 우리가 기억해야 할 점이 있다.

생소한 사람과 나누는 대화는 누구에게나 스트레스이지만, 어떤 상대를 만나건 원만한 대화를 할 줄 아는 사람들의 삶은 대개 성공적이라는 것이다. 이 세상에 나와 똑같은 생각을 하며 사는 사람은 하나도 없다. 활발한 사회생활을 거부하고 1차 집단 속에서만 살아갈 생각이 아니라면, 우리는 낯선 사람들과 부대끼며 지내야 한다. 나와 이해관계가 걸려 있는 사람들, 나와 치열하게 대립하는 사람들, 나와 조화롭게 협동하는 사람들, 딱히 호감은 없지만 싫은 내색 없이 웃는 얼굴로 늘 만나는 사람들……. 이들과 상호 교류하는 삶 속에서 우리는 성장한다.

그러니 머나먼 우주 행성에서 온 것 같은 사람들과 만나고 대화하는 것이 단지 스트레스만 주는 일은 아니다. 그들과 대화함으로써 우리는 미처 알지 못했던 세상을 탐험할 수 있다. 그때마다 체득하는 배움은 소중하다.

세계적으로 유명한 인사와 식사 한 끼를 하는 티켓이 비싼 가격에 팔리는 데는 다 이유가 있다. 미국의 투자 귀재 워런 버핏과 점심 한 끼를 먹는 티켓 가격은 무려 50억 원이 넘는다. 그 유명인과 단지 밥 한 끼 먹는 게 신기하고 영광스러워서 비싼 것이 아니다. 식사하는 동안 둘만의 대화를 나눔으로써 그 어디에서도 얻기 힘든 귀한 깨달음을 경험할 수 있기 때문이다.

특정 분야에서 인정받으며 당당하게 신문 지면을 채울 정도의 사람과 마주 앉아 대화한다는 것은 분명 특별한 행운이다. 그러니 나와 다른 사람과 만나 그의 스타일에 맞춰 대화하는 걸 스트레스라고 생각하는 것보다 소중한 배움의 기회라고 여기는 편이 낫다.

처음 본 상대와 친근한 대화를 하려면

말이 통한다는 느낌이 생겨야 한다.

주제가 무엇이든 대화 당사자들이

서로 호응할 수 있을 때 비로소 친밀도가 높아진다.

주제는 무겁게, 대화는 친밀하게

# 대화 친밀도란?

대화가 재미없어지는 것은 주제가 어렵기 때문이 아니다.

관건은 친밀도다.

당사자 간의 친밀도가 없으면 대화의 재미도 사라진다.

그런데 대화의 친밀도는 단순히 친하고 서먹하고의 인간관계가 아니다. 얼마나 밀도 있게 호응하며 함께 이야기를 술술 풀어낼 수 있는지를 의미한다. 이것이 바로 '대화 친밀도'다.

딱딱한 주제로 대화할 때, 분위기를 부드럽게 만들어주는 것은 단연코 친밀도다. 상대가 한마디 할 때마다 내가 무릎을 탁치며 맞장구치는 대화에서 친밀도는 급상승한다. 상대가 전문용어를 꺼냈을 때 내가 주저 없이 그에 해당하는 사례와 경험을 내놓으며 응수하면 친밀도 높은 대화가 이어진다.

대화 친밀도는 내가 상대와 비슷한 눈높이에 있을 때 올라간다. 그리고 눈높이는 대화 주제에 관한 지식수준이 비슷하거나 유사한 경험을 공유할 때 잘 맞는다.

작가에게 출판사 직원과의 만남은 늘 설레고 긴장되기 마련이다. 새로운 작품을 함께 만들어갈 것이라는 기대도 있지만, 그전에 공식적인 계약 과정이 선행돼야 하고 출판계의 엄연한 현실도 직면해야 하기 때문이다.

어느 날, 나의 책 출간을 위해 모 출판사의 대표와 편집장을 만났다. 첫 만남인 데다 그들이 나와 내 책에 대해 어떤 의견을 보일지 모르니 조금은 부담스러운 대화가 될 거라고 예상했다. 게다가 출판계의 현실이 예전과 달리 만만치 않기에 대화가 무겁게 이어질 수도 있었다. 하지만 예상과 달리 우리의 대화는 친밀했고, 아주 화기애애한 분위기 속에서 출판 계약을 잘 마무리할 수 있었다.

처음 보는 사람과 만나서 친근한 대화를 할 수 있는 만능 비법은 사실 없다. 주제에 대해 서로 비슷한 의견을 갖고 있으면 딱히 어떤 대화 기술을 쓰지 않고서도 단번에 가까워진다.

그 출판사 직원들과 나는 출판계에 야트막한 상업주의가 침투해서는 안 된다는 의견에 처음부터 공감했다. 그러니 어느 쪽에서든 한마디 하면 다른 쪽에서 격렬하게 지지하며 대화가 이어졌다. 다음은 출판 시장의 어려운 상황에 대해 걱정하고 미래를 모색하는 데 의견이 일치했다. 이런 식으로 이른바 '찰떡같은' 분위기가 이뤄지다 보니 주제는 비록 무거웠지만 대화 자체는 유쾌했다. 처음 만난 사람들이었음에도 마치 오랜 시간 알고 지낸 것처럼 대화의 친밀도가 점점 높아졌던 것이다.

아무리 무거운 주제라도 서로 통하면 대화 친밀도는 강해진다.


## 지적인 대화에도 필요한 대화 친밀도

좀 까다로운 주제의 대화를 앞두고는 온통 신경이 쓰일 때가 있다.

과연 내가 가진 지식만으로 지적인 대화를 친밀하게 나눌 수 있을지 자신이 없다. 지적인 대화에서 대화 친밀도는 나와 상대의 지식수준에 달렸다.

내 지식수준이 높다면, 혹은 높을수록 대화 친밀도를 갖는 데 유리하다. 수준을 유연하게 맞추며 대화할 수 있기 때문이다. 상대가 어떤 이야기를 하더라도 그 눈높이에 맞출 수 있다. 하지만 어떤 주제에 관해 내 지식수준이 높지 않다면 지적으로 친밀한 대화는 그냥 포기하는 게 낫다. 이때는 문외한임을 인정하고 겸손하게 듣는 자세를 취하자.

다행히 내 지식이 주제를 다룰 만한 수준이 좀 되는 것 같을 경우에는 상대에게 맞추면 된다. 단, 상대가 아는 것이 많아 보여도 내가 나서서 대화의 수준을 높일 필요는 없다. 굳이 어려운 얘기를 하지 않고도 친근하게 대화할 수 있는 기회를 먼저 없애는 것이기 때문이다.

상대에게 딱 맞는 대화 수준은 그가 이해하고 거기에서 조금 더 궁금해하는 정도가 좋다. 그렇게 수준을 맞출 때 대화 친밀도가 가장 높아진다. 너무 수준에 딱 맞는 얘기만 하는 것은 재미없지만, 상대가 알 듯 말 듯한 화제라면 대화는 점점 흥미진진해진다.

예를 들어, 상대가 뮤지컬에 관심이 많은 사람이라고 치자. 평소 뮤지컬도 자주 보고 배우, 무대, 음악에 대해 남들보다 지식이 높다. 서울에서 〈오페라의 유령〉은 물론 〈지킬 앤 하이드〉 〈캣츠〉 〈킨키 부츠〉 등도 보았다. 각 작품의 더블 캐스팅과 각 배우의 특징에 대해서도 알고 있다. 이런 정도의 뮤지컬 지식을 가진 사람에게는 흥미를 불러일으킬 만한 새롭고 도전적인 화제가 필요하다.

"브로드웨이 뮤지컬과 웨스트엔드 뮤지컬을 비교해보셨

나요?"

"……."

만일 그가 두 곳의 뮤지컬을 보지 못했다면, 이때가 바로 대화 친밀도를 높일 기회다.

"더블 캐스팅만큼이나 흥미로운 게 두 곳의 뮤지컬을 비교하는 것이더라고요! 영국과 미국의 뮤지컬에는 차이가 있어요."

상대는 자기만큼이나 뮤지컬에 관심 있는 사람을 만나 흥미진진해지고 대화에 대한 기대가 높아진다. 그때부터 둘 사이의 대화 친밀도 또한 상승한다.

## 친밀도가 만드는 말의 힘

주제가 무엇이건, 그리고 누구와 대화하건 내 말의 힘이 발휘되는 순간은 상대의 마음을 움직일 때다. 친밀도 있는 말은 철벽 같은 상대의 마음을 녹여내는 감동을 줄 수도 있고, 오만한 상대에게 부끄러움을 불러일으킬 수도 있다.

예를 들어, 부정적 태도로 나를 마주한 바이어의 마음을 돌려서 계약을 성사시키는 데 일조하는 것도 친밀도 있는 말 한마디이고, 내 자존심을 처참하게 짓밟은 상대가 아차 하며 얼굴을 붉

히는 계기도 나에게서 나오는 친밀한 말 한마디일 경우가 많다. 군이 물리적 영향력을 행사하지 않더라도 친밀한 대화를 이끌어내면 오해가 풀리고 진심이 드러난다. 그것이 마음을 건드리는 친밀한 대화의 효과다.

많은 경우, 말을 통해 사람의 행동을 바꾸고 마음을 돌릴 수 있는데, 여기에는 차이가 있다. 단지 상대의 행동을 바꾸려 하는 말에는 권위가 담기지만, 마음을 바꾸려는 말에는 느긋한 친밀함이 담긴다는 사실이다. 위계를 발판 삼아 말함으로써 상대의 겉모습은 바꿀지언정 본래 모습인 속마음까지 돌려놓을 수는 없다는 의미다. 친밀한 대화로 마음을 움직일 때 내 말이 비로소 제 힘을 발휘한다.

대화가 친밀해지면 상대가 내 말에 거부감을 갖지 않는다. 내 마음도 느긋하기에 말할 때 무리수를 두지 않고, 강요하는 인상 또한 풍기지 않는다. 또 한발 떨어져서 현실을 바라보는 여유가 생기고, 쉽지 않은 상황이라도 넉살 좋게 말하게 된다. 이런 상태에서는 말의 진정성이 돋보이기 마련이다. 그러면 내 의도가 온전히 전달되고, 상대는 이런 나에게 마음을 더 쉽게 연다. 계약을 앞두고 있거나 협상을 해야 할 때 느긋한 태도로 친밀한 대화를 하는 사람에게 주도권이 넘어가는 것은 당연하다. 일상 대화에서도 물론이다.

말을 하는 사람도 즐거워야 하고, 말을 듣는 사람도 즐거워야
한다. 서로 호응하는 가운데 친밀한 대화를 나눌 수 있다면 어느
덧 내 말은 큰 힘을 갖게 될 것이다.

고수는 딱 한마디로 말한다

진정한 고수는 말을 많이 하지 않는다.

어설픈 하수는 자기 말만 하려 든다.

각인될 만한 한마디가 대화를 사로잡는 힘이다.

## 말 많은 사람의 흔한 착각

평소 이런 사람을 만나면 대화하기가 참 껄끄럽다.

앞뒤 설명 안 하고 다짜고짜 자기만 아는 얘기를 늘어놓는 사람이다. 도무지 맥락이 뭔지도 모르겠고, 주어는 모두 실종돼 대화 속 등장인물이 누가 누구인지 혼란스럽다. 또 어떤 경우에는 본론은 말 안 하고 앞뒤 배경 설명만 장황하게 늘어놓아 나의 인내심을 자극한다. 별로 궁금하지도 않은 부연 설명을 듣고 앉아 있자니 시간이 너무 아깝다.

이런 식으로 말하는 사람에겐 공통된 특징이 있다.

본인이 대화를 주도한다고 생각한다. 물론 그건 큰 착각이다.

이런 사람과 대화할 때 우리는 흔히 면전에서는 듣는 척하지만, 대개 한 귀로 듣고 한 귀로 흘리거나 영혼 없는 맞장구만 치고 만다. 상대가 민망해할까 봐 예의를 지키지만, 어차피 나에겐 하나도 중요하지 않은 얘기다. 집중도 안 되는 대화를 얼른 마무리 짓고 싶을 뿐이다. 결국, 대화가 끝난 뒤엔 무슨 얘기를 했는지 남는 것도 없고, 그런 두서없는 사람과 또 만나는 건 절대로 사양하리라 다짐한다.

이런 대화는 실패다.

그런데 왜 이런 스타일의 사람들은 자신이 대화를 주도한다고 착각할까.

이유는 간단하다. 자신이 말을 많이 했기 때문이다.

우리가 흔히 하는 오해가 바로 이것이다. 말을 많이 하면 대화를 주도한다고 여기는 것.

실상은 오히려 그 반대다.

수백 마디 말을 해도 상대가 듣지 않으면 아무 소용이 없다. 그보다는 상대 귀에 쏙 들어가는 말, 상대 마음에 착 달라붙는 말 한마디가 훨씬 강력하다. 말을 많이 하는 것보다는 한마디를 해도 상대에게 각인되는 '임팩트'가 있어야 한다. 그 임팩트 있는 한마디가 대화를 주도하는 힘이 된다는 사실을 잊지 말자. 대화는 임팩트를 중심으로 움직인다.

## 기죽지 않을 한마디

서울대 물리학과 교수 출신인 우종천 정혜아카데미 이사장을 만나 과학 교육에 관한 대화를 나눈 적이 있다. '물리학자' 하면 떠오르는 이미지가 바로 '천재' 아니던가. 그런 분과 과학을 논하다니, 나로선 부담스럽고 좀 주눅이 드는 자리였다. 우 이사장은 당시 대학에서 은퇴하고 어린이들을 위한 과학 교육을 실천하고 있었다.

"훌륭한 일을 하고 계세요."

이렇게 운을 뗀 뒤부터 나는 내내 그의 이야기를 듣는 데에만 집중했다. 딱히 할 말도 없었다. 최근 유행하는 로봇 교육, 국내 과학 공부와 입시 현실, 미국의 과학 교육 실상, 과학 학문의 융합, 정부의 과학 교육 정책, 4차 산업혁명…… 이런 전문적인 대화에서 과학 전공자도 아닌 내가 의견을 낼 부분은 거의 없었다. 화제를 주도할 수도 없는 대화였다. 물론 내가 주도하기 위한 대화는 아니었지만 말이다.

그러나 지금도 나 스스로 뿌듯해하는 딱 한마디가 있다.

"과학이 인간에게 행복을 가져다줄 수 있을까요?"

우종천 이사장은 미소를 지으며 이렇게 대답했다.

"과학은 인간의 실체에서부터 우주의 진실까지 밝히는 학문이
지요. 질병, 예방, 통신의 발달을 보면 과거보다 인간의 생활을
편하고 풍요롭게 만든 것은 사실입니다. 반면 원자탄, 미사일
같은 공포를 동반한 것도 부인할 수 없고요.
행복이란 주관적인 것이니까 간단한 답은 없겠지만, 과학의
발달로 행복을 추구할 수 있는 수단이나 방법에 다양하고 긍
정적인 요소가 생겨난 것만은 틀림없습니다."

천재 과학자다운 논리 정연한 답이었다.
진지한 분위기에서 과학 세계, 과학의 비전 이야기를 나누다
가, 아니 주로 듣기만 하다가 마지막에 내가 '인간의 행복'을 언
급한 것이다. 사실, 과학이 가져다줄 수 있는 인간의 행복이란
그때껏 대화로 나눈 과학의 과거와 현재 그리고 미래의 궁극적
목표 아닌가 싶었다. 눈부시게 발전하는 과학이 정말로 우리 인
간을 행복하게 해줄 것인지도 궁금했지만, 이 점이야말로 대화
에서 꼭 짚어봐야 할 본질이라고 생각했다. 과학자도 인간이고,
과학 교육도 인간을 위한 행위이니 말이다.
'과학과 행복.'

대화에 임팩트를 줄 만한 한마디이지 않은가.

비록 내가 도저히 주도할 수 없는 대화였지만, 그렇다고 무리해서 내 존재감을 부각시키려 헛된 애를 쓰지 않았다. 그냥 핵심적인 한마디만 있으면 충분했기 때문이다.

아무리 어려운 상대와 이야기하더라도 지레 기죽을 필요는 없다. 핵심을 응축하는 딱 한마디만 있다면 그 대화를 멋지게 마무리할 수 있다.

절묘한 타이밍을 잘 잡는 것이야말로 대화의 능력이다.

핵심 내용을 타이밍에 맞게 챙기면 대화가 살아난다.

머뭇대다가는 대화가 허무하게 흐지부지 끝난다.

절묘한 타이밍의 기술

## 타이밍을 잘 잡는 법

대화는 자연스럽게 물 흐르듯 가는 게 좋다.

그러나 아무리 물 흐르듯 할지라도 대화의 중심은 짚고 넘어가야 한다. 대화의 성격이자 목적이기도 한 핵심 내용조차 까맣게 잊고 흘러간다면 그 시간 자체가 허무해진다. 자유로운 대화 속에서 중심이 되는 핵심 내용을 이야기할 타이밍을 꼭 잡아야 한다.

다만, 타이밍을 정하는 데 규칙은 없다. 눈치껏 해야 한다.

상황이 그때그때 다르므로 개인적 판단에 의존해야 하고, 분위기를 잘 읽어야 한다. 처음에는 감이 안 잡히더라도 자꾸 의식하다 보면 가장 적절한 시점이라는 직감이 온다. 그런 때가 왔다는 감을 잡아야 한다.

대화를 학문적으로 연구하는 세계적 석학들조차 '효과적이고 적절하게' 대응하는 기술을 대화의 능력이라고 정의한다.

하지만 '적절하게 알아서' 하는 것이 얼마나 어려운 일인지 우리는 다 안다. 그러니 뭐가 적절하게 말하는 것인지 여전히 애매하고 잘 모르겠다면, 다음의 공식 같은 방법이 무난하다.


대화 주제가 딱딱하고 전문적인 이슈라면.

이때는 핵심 내용을 대화 초반부에 먼저 언급하는 것이 낫다. 그래야 핵심 위주로 추후의 전반적 내용을 구성할 수 있다. 가뜩이나 어렵고 복잡한 얘기를 중심 없이 오래 나누다 보면 생소한 지식까지 소화하는 부담을 안아야 하고, 당연히 대화를 관통하는 주제도 산만해진다.

몇 년 전, 내가 네덜란드 헤이그에 살고 있을 때였다.

헤이그 국제형사재판소의 정창호 재판관과 만나 대화를 나눌 기회가 있었다. 그날 대화를 통해서는 국제법과 국제 관계에 대한 전문가의 관점을 듣고 싶었다. 그런데 마침 한국에서는 대통령 탄핵이 한창 이슈였다. 대화 시작부터 탄핵 이야기가 자연스럽게 나왔다. 국제기구의 구성원들은 한국의 대통령 탄핵 사태를 어떻게 보는지, 외국인의 시선에 대해 한동안 이야기를 나누었다.

급기야 '정의로움'에 대한 화두로까지 대화가 확장됐다. 한국 내 분위기가 지극히 회의적이라는 데 대해 판사인 그는 논리적 답변을 이어갔다.

"완벽한 정의가 구현되는 사회, 또는 경쟁 없이도 살 수 있는 사회는 존재하지도 않고 존재할 수도 없지요. 중요한 것은 '공정한 경쟁'이 보장되는지 여부입니다. 사람들은 공정한 경쟁을 하지 못하는 상황일 때 정의가 사라졌다고 느끼지요. 가령, 부모의 재력에 따른 사교육이 대학 입시에 영향을 미치는 것은 공정한 경쟁이 아닙니다. 공정한 경쟁이 이뤄지는 사회 제도를 만들고 개선하기 위해 노력하는 것이야말로 정의를 실천하는 길입니다."

지극히 공감 가는 이야기였으나, 대화의 본론은 그게 아니었기에 이 시점에서 나는 바로 핵심 내용인 국제법 이야기로 화두를 돌렸다. 이 방향으로 계속 이어졌다가는 애초 의도했던 바와 달리 엉뚱한 탄핵 관련 대화가 될 뻔했다.

반대로 대화 주제가 일상적인 내용이라면.
이럴 경우엔 오히려 대화가 한창 무르익었을 때 슬며시 핵심 내용을 꺼내는 것이 좋다. 그래야 대화가 더 풍부해진다. 말랑한 주제를 다루는 자리에서 굳이 처음부터 대화의 폭을 제한할 필요는 없다. 대화가 자칫 건조해진다.

물론 이러한 전략적 타이밍은 어디까지나 가이드라인으로 참고할 뿐이다. 가장 확실한 타이밍은 대화 분위기와 상대방의 반응에 달렸다.

'아, 지금이 바로 적절한 시점이다.'

이런 느낌이 올 때, 그 타이밍을 놓치지 말고 핵심 내용을 꺼내야 한다.

## 조금은 확고한 타이밍

대화의 핵심 내용이 '뜬금포'로 변신해선 안 된다.

전혀 다른 이야기의 꽃을 피우는 중에 '아 참! 핵심 내용을 짚어야지' 하는 심정으로 뜬금없는 이야기를 꺼내는 것은 별로 좋지 않다. 대화의 맥을 꿰뚫는 핵심 내용은 전후 분위기와 어울려 녹아들어야 한다. 전체적인 분위기 속에서 조화를 이루는 타이밍을 찾을 수 있어야 대화를 잘하는 사람이다.

하지만 뜬금포가 필요한 경우도 물론 있다. 대화가 지나치게 삼천포로 빠지는 순간이 왔을 때다. 일상의 담소라면 상관없지만, 목적 있는 대화라면 바로 그 순간이 뜬금포를 무릅써야 할 때다.

'우린 지금 이런 얘기를 하고 있다고요!'

'주제가 너무 멀리 와버렸네요!'

상대가 이런 메시지를 상기하도록 말이다.

어떤 일에서든 부지런히 움직이면 얻는 것이 있다.

대화도 마찬가지다.

주인 의식을 갖고 미리 준비하면

대화의 주도권이 나에게 온다.

게으른 당신은 가질 수 없는 것

## 준비 안 된 대화는 빈껍데기

대화를 나누기 전에 부지런히 준비하라.

대화를 잘하는 방법에 대해 조금이라도 관심 있는 사람이라면 당연하다고 생각할 사안이다. 중요한 대화를 앞두고 있다면 어떤 얘기를 풀어나갈지 대강의 윤곽을 짜놓아야 한다. 하다못해 첫마디를 무엇으로 시작할지 정도라도 말이다.

격식 있는 자리에서 전혀 준비되어 있지 않았을 때, 가장 먼저 발생하는 낭패는 대화의 질 저하다. 상대방은 내 얘기에 응수할 준비가 돼 있는데, 그렇지 못한 내가 알맹이 없는 얘기를 꺼내면 상대 역시 딱 그 정도 수준에 맞는 대답만 하게 된다. 이미 속으로는

'뭐 이런 싱거운 대화가 다 있지? 기본 지식이 없으시군. 이제

부터는 나도 적당히 얘기하면 되겠네.'

하며 대화의 격을 낮출 테니 말이다. 이런 대화는 당연히 시시하게 끝나버릴 것이다.

재료가 부실하니 대화가 허술해지는 건 당연하다. 대화를 재미있게 만들어줄 에피소드도 부족하고 솔깃한 화제도 없다. 진지한 논의도 물론 없다. 묻는 사람이나 답하는 사람이나 수박 겉만 핥다가 끝난다. 누구도 대화를 주도하지 못한 채 시간만 낭비한다.

진지한 대화를 주도하고 싶다면 당연히 나 먼저 준비해야 한다. 어떤 얘기를 나누고 무엇을 얻어낼지조차 모르는 게으른 대화는 실속이 없다. 되는 대로 수행한 대화에서 나는 있으나 마나한 들러리일 뿐이다.

## 뻔하지 않게 주도권을 잡다

대화의 주도권을 잡고 싶을 때, 나는 흔치 않은 소재를 대화 속으로 가져온다.

어떤 전문 분야에 대해 대화할 때면 우리는 대개 다 아는 얘기로 시작한다. 언론에 보도된 이야기, 상식적으로 알 수 있는 내용, 유행하고 있는 이슈, 뻔한 질문과 자명한 대답이 오간다. 그렇게 되면 대화는 식상해질 뿐 아니라 내 뜻대로 흘러갈 가능성은 점점 멀어진다.

우연한 기회에 장기 기증 캠페인에 참여한 적이 있다.

질병관리본부에서 주관하는 '장기 기증 생생토크 릴레이'에 출연 제의를 받은 것이다. 토크쇼 진행자는 KBS 아나운서 후배 조수빈과 연예인 황광희 씨였다. 후배 아나운서와 함께하는 토크쇼이니만큼 조금은 특별하고 더 멋진 토크를 하고 싶었다. 어떤 이야기를 하면 좋을지 시간을 내어 고민했고, 장기 기증의 본질에 대해서도 다시 한번 되새겨보았다.

아마도 진행자들은 나에게 장기를 기증하기로 한 계기를 물어볼 것이라 짐작했다. 또 기분이 어떤가도 물어볼 것 같았다. 장기 기증이라고 하면 누구라도 물어볼 질문이지 않은가. 하지만 식상한 대화를 나누고 싶진 않았다.

이윽고 토크쇼 도중 진행자가 물었다. 예상대로였다.


**"결심을 언제 하셨나요? 계기는 무엇이었는지 궁금합니다."**


사실 나에게는 딱히 이렇다 할 계기가 없었다. 그리고 그 부분은 미리 심사숙고한 터였다.

"계기가 없었지요. 장기 기증에 대해서 어떤 결심이 딱 서는 그런 일은 나에게 없었어요."

내가 이렇게 답하자 진행자들은 놀라는 기색이었고, 나는 말을 이어갔다.

"하지만 이게 아주 중요한 포인트라고 생각합니다. 장기 기증이란 게 그동안 서서히 내 인식 속에 쌓여왔어요. 지금 우리가 하는 이런 캠페인이나 여러 홍보에 노출되면서 꾸준히 장기 기증에 대한 고민이 자라온 것 같아요."

장기 기증이라는 진중한 사안을 이벤트 하나 보고 일순간에 결심하는 일은 많지 않을뿐더러 바람직하지도 않다는 주장을 하고 싶었다. 예상치 못한 나의 발언에 진행자들은 맞장구를 쳐줬고, 마치 강의를 듣는 것 같다면서 내 의견을 지지해줬다.
또 이어지는 질문은 이랬다.

"지금 이 순간에도 장기 기증 서약을 망설이는 분들이 계시잖아요. 그런 분들께 한 말씀 부탁드릴게요."

내가 고민한 바에 의하면 장기 기증은 결코 누구에게 강요하거나 옳고 그름을 평가할 수 있는 사안이 아니었다. 그렇기 때문에 "장기 기증 많이 해주세요"라고 말할 수 없었다. 대신 나는 이렇게 답했다.

"'장기 기증을 해야 한다. 장기 기증은 좋은 일이다.' 이렇게 규정할 수는 없다고 생각해요. 대신 장기 기증의 의미에 대해서만큼은 꼭 한 번 새겨보셨으면 좋겠습니다. 그리고 이렇게 중요한 장기 기증에 대한 결론은 어디까지나 개인의 선택입니다."

나의 뻔하지 않은 답변에 후배 아나운서는 강요하는 대신 멋진 권유를 해주었다며 활짝 웃어 보였다.

이렇게 뻔하지 않은 이야기를 함으로써 나는 토크쇼를 내 의도대로 마무리할 수 있었다.

## 의식의 흐름, 엉뚱한 흐름

대화 주제만 정해놓고 구체적으로 어떤 얘기를 할지 준비하지 않았다면, 대개는 의식의 흐름에 따라 말을 하게 된다. 하지만 의식의 흐름이 늘 옳은 것은 아니다. 의식의 흐름에만 의존하면 중요한 핵심을 놓칠 수 있고 대화는 산만해진다. 그리고 엉뚱한 방향으로 대화가 흘러가도 알아채지 못한다. 강조할 내용과 깊게 다루어볼 포인트도 미리 정하지 않았기 때문에 대화가 밋밋하고 입체적이지도 못하다. 한마디로, 대화를 리드할 소재가 실종된 셈이다.

게다가 준비는 하지 않은 채 열정만 앞세워 의식의 흐름대로 대화가 흘러가면 더 문제다. 하고 싶은 얘기를 모조리 내뱉으며 이슈가 될 만한 소재를 찾는다면 답이 없다. 의욕은 높이 사겠으나 그 때문에 대화의 주제만 모호해진다. 엉뚱한 방향으로 이야기가 흘러가는 것은 당연하다. 의식의 흐름만 따르다가는 자칫 과유불급의 우를 범할 수 있다.

대화할 때는 내 안에서 솟아나는 의식의 흐름을 너무 믿지 말자.

대화는 언제나 on air 생방송

대화도 생방송처럼 살아 있는 이야기로 진행되어야 한다.

끊임없이 주거니 받거니 하며

적절한 긴장이 깔려야만 맛깔난 대화가 된다.

## 미는 힘, 살아 있는 말

TV 화면 상단에 'Live'라고 표시된 것은 생방송을 뜻한다. 실시간으로 방송하는 프로그램이다. 미리 제작한 프로그램을 시간 맞춰 틀어주는 본방송이나 재방송이 아니라는 얘기다. 같은 프로그램을 보더라도 녹화 방송보다는 생방송이 더 박진감 있고 흥미진진하다. 희한하다.

이유는 있다. 생방송에서는 한 번 내뱉은 말이 그대로 만천하에 전해진다. 수많은 대화 중 멋있고 좋은 부분만 골라서 편집할 수도 없다. 실수를 번복할 수 없고 출연자 본연의 모습이 드러나기 때문에 긴장감이 그대로 녹아난다.

그래서 말 한마디 한마디가 생생하게 살아 있다. 이런 에너지가 시청자에게 고스란히 전해지기 때문에 생방송이 더 흥미로운 것이다.

대화가 흥미로우려면 그 대화가 '살아 있어야' 한다.

'살아 있는' 대화를 만들어내는 사람은 주목받고 화제의 중심에 선다. 그렇다면 도대체 말이 '살아 있다'는 것은 무슨 뜻일까.

방송에서는 3초 이상 말이 끊어지면 사고라고 여긴다. 일상의 대화에서 그렇게까지 엄격하게 적용할 필요는 없지만, 대화 도중 말이 끊어지면 매우 어색하다.

하지만 불가피한 경우도 있다. 화장실이 급할 때, 중요한 전화를 받아야 할 때, 목이 말라 음료수를 들이켜야 할 때 등이다. 하지만 중요한 대화라면 천재지변 상황이 아니고서야 이런 행동은 마이너스다.


대화도 문장처럼 한 단락이 끝날 때까지 쭉 이어져야 그 맛이 산다. 살아 있다는 것은 생명체의 움직임이 있어야 한다는 뜻이다. 마치 퍼덕거리는 물고기처럼 말이다. 숨 쉬는 생명체가 잠시도 그 움직임을 멈추지 않는 것같이 살아 있는 대화도 멈춤이 없어야 한다.

쉬지 않고 연결되는 '살아 있는' 대화의 장점은 무엇일까.

상대가 한시도 긴장의 끈을 놓지 않는다. 한눈을 팔 새도 없고 다른 생각을 할 여유도 없다. 오직 내 말에 집중한다. 그 결과 인상 깊은 대화로 남을 수 있다. 내 말에 동의했건 안 했건 상관없이 그 대화는 기억에 남는다.

한편, 진지한 대화를 할 때는 물론이거니와 편안한 담소를 나눌 때도 우리는 핸드폰을 곁에 고이 모셔두곤 한다. 그러면서 어차피 진동 모드로 두었으니 대화를 방해하지 않을 것이라고 생각한다. 핸드폰을 보는 것이 워낙 일반적이긴 하지만 대화에서만큼은 상대에 대한 예의가 아니다.

전화를 받지 않고 문자도 확인하지 않을 거라면 굳이 왜 핸드폰을 곁에 두고 대화하는가. 중요한 연락이 왔을 때 그것을 놓치고 싶지 않아서라면 이 또한 상대에 대한 예의가 아니다. 현재 얼굴을 마주한 사람과 나누는 대화보다 더 중요한 일이 있다는 뜻이기 때문이다.

핸드폰을 치우는 것은 현재의 대화에 충실하겠다는 의미다. 이러한 배려를 통해 상대는 대화 시간이 온전히 자신에게만 할애된다는 느낌을 받을 수 있다.


## 당기는 힘, 당신의 의견을 들을 시간

나의 쉼 없는 얘기로 진도가 많이 나갔다면, 다음엔 상대에게 말할 기회를 건넬 차례다. 방송 진행자가 출연자에게 마이크를 넘겨주듯이 자연스럽게 내 앞의 대화 상대에게도 발언 기회를 줘야 한다.

'살아 있는' 대화를 한답시고 열심히 내 말만 이어간다면 상대의 마음에 이런 불만이 차오르기 시작한다.

'도대체 이 사람은 자기 말만 하는군.'

'슬슬 재미없어지는데, 얼른 이 대화를 마쳐야지.'

'나 참, 나는 말할 기회조차 없다니.'

이 시점을 놓치지 말고 마이크를 넘겨야 한다.

"자, 그래서 어떻게 생각하세요?"

"이런 내용이 정말 신기하지요?"

"다른 분의 의견이 너무나 듣고 싶어요."

비록 내가 계속 이야기를 해왔지만, 지금부터는 상대의 의견이 더 중요하다는 인상을 주는 말들이다. 그러면 상대는 비로소 이제 내 시간이 왔구나, 하며 자신의 생각을 신나게 펼쳐놓을 것이다.

밀건 당기건 중요한 것은 대화가 끊어지지 않아야 한다.

지금 하는 대화의 주제에서 벗어나지 않도록 신경 쓰면서 나와 상대의 말이 계속 이어지게 하는 것이다. 마치 생방송을 진행하듯이 말이다.

이런 식의 진행은 좀 피곤할 수 있지만, 의미 있는 대화로서 분명히 기억에 남는다.

게다가 '살아 있는' 대화를 주도한 나는 리더십과 카리스마를 겸비한 사람으로 각인될 것이다.

굳이 겸손하지 말기를

아닐 때는 '아니'라고 말하는 것이

대화에 더 공감할 수 있는 길이다.

'아니'라고 말하는 것이 무례한 대화는 아니다.

# 아닌데요!

좀처럼 만나서 이야기하기 힘든 사람과 대화할 기회가 생긴다면 어떤 마음가짐을 갖는 게 좋을까. 대개는 감지덕지한 마음으로 대화에 임할 것이다. 물론 '그래 봐야 뭐 얼마나 잘났다고' 하면서 약간 아니꼬운 마음을 갖는 사람도 있을 수 있다.

'잘난 상대'와 대화할수록 내 자존감은 더 빛을 발해야 한다. 일부러 삐딱하게 하라는 뜻은 아니다. 지레 기가 죽어 무조건 굴종하는 자세를 피하란 뜻이다. 상대의 '대화 먹이'가 되지 않으려면 말이다.

상대가 어떤 말을 하든 행여 이런 식의 맞장구만으로 일관하지는 않는가.

"아, 옳습니다."

"무조건 그렇지요. 당연한 말씀이에요."

"저도 원래부터 그렇게 생각해왔어요."

"맞아요, 맞아요."

이런 태도라면 그 속에 내 의견은 어디에도 없다. 이건 대화가 아니고 팬클럽 미팅이다.

"아닌데요."

이 한마디가 감초다.

더구나 어디에서도 '감히' 자기 의견에 대한 반론을 들어보지 못했을 법한 상대라면 더욱 그렇다. 내 말에 반대하는 사람 앞에서 '잘난' 상대는 순간 긴장한다. 멈칫할 게 틀림없다.

'내 말이 틀렸다고?'

이런 의문을 품은 채 상대는 더 적극적으로 대화를 이어가려 할 것이다. 동의하지 않는 상대의 동의를 얻고야 말겠다는 오기를 발동시켰다면 그 대화는 오히려 성공이다. 그다음 순서는 상대의 얘기를 집중해서 듣고 공감할 부분에서 더 적극적으로 공감하는 것이다.

이렇게 이어지는 대화에는 조였다 풀었다 하는 긴장이 생긴다. 조금 더 정확하고 합리적인 내용의 대화가 오간다. 실없는 얘기는 줄어든다. 물론 상대로부터 내가 배울 점도 많을 것이다.

어느 더운 늦여름, 한글문화연대 정재환 공동대표와 한글에 관한 대화를 나눌 때였다. 개그맨 출신인 그는 방송계에서 나보다 한참 선배다. 한글의 정확한 사용과 그 중요성에 대해 누구보다도 확고한 신념을 갖고 있는 인물이다. 그러나 나는 외국어를 배우고 잘 쓰는 것 역시 못지않게 중요하다고 생각하는 편이었다.

"엄연히 국제화 시대인 점을 고려하면, 이제 외국어 교육도 중요하지 않을까요?"

그에게 "아니에요!"라고 외친 셈이었다.

"외국어 학습을 반대하지는 않습니다. 하지만 영어만 의무적으로 해야 하는 구조는 반대입니다. 개인의 관심사나 적성에 상관없이 영어는 무조건 하고, 필요에 따라 중국어나 일본어까지 해야 하는 실정이죠. 그래서 벅차고 사는 게 힘들어집니다. 영어가 굳이 필요 없는 사람들을 희생시키는 격입니다."

그의 답변은 매우 합리적이었고, 나 역시 그의 주장에 공감할 수 있었다. 선배라는 이유로, 그래서 그냥 잠자코 얘기나 듣자는 태도로 일관한 채 "아니요"라고 말하지 않았다면 영원히 내 마음 속에는 의문이 남았을 테고, 추후 이어지는 대화 내용에도 크게 공감하지 못했을 것이다.

"아니요"라는 말 한마디로 인해 대화가 좀 더 건설적이고 흥미 로워졌다.


## 혼자 공손한 대화란 없다

동방예의지국이라는 타이틀 때문인지, 우리는 나보다 연장자 가 하는 말에 "아니요"라고 말하기를 꺼린다. 차라리 그냥 건성 으로 "예"라는 대답만 할지언정 말이다. 연장자에게 반대 의견을 표시하려면 왠지 더 공손하고 예의를 차려야 할 것만 같은 부담 이 마구 샘솟는다.

그러나 우리가 잊으면 안 되는 것이 있다.

대화는 '양방향 소통'이라는 것이다. 특히, 대화는 '평등한' 상 호 작용이다.

제아무리 잘나가는 사람, 평소 만나보기 힘든 인물, 나보다 지 식이 많은 전문가와 이야기할지라도 나와 상대는 동등한 대화 주체임을 꼭 기억해야 한다. 내 의견을 일부러 꾹꾹 묻어둘 필요는 없다. 상대 의견만 빛나도록 떠받들 이유 또한 전혀 없다. 내 생각을 있는 그대로 털어놓을 때 비로소 대화다운 대화가 완성된다. 상대도 그런 나의 태도를 더 반긴다.

공손한 대화란 상호 예의를 갖춘 태도를 의미하는 것이다. 나만 홀로 바짝 몸을 낮춘 예의 바르고 공손한 대화란 존재하지 않는다. 그건 비굴한 만남일 뿐이다.

이제 느낌으로 완성해봐요 **"**

$$\{ \qquad \}$$

4

역지사지는 사자성어가 아니다

역지사지는 생각이 아닌 행동 수칙이다.

입장 바꿔 생각하려면 먼저 경험을 공유해야 한다.

## 역지사지의 실체

역지사지 易地思之.

정말 쉬운 한자성어 아닌가, 입장 바꿔놓고 생각해보라는.

내 생각 속에만 빠져 있으면 절대로 남을 이해 못한다는 우리 조상의 지혜 어린 충고다. 그런데 여기서 떠오르는 질문이 있다.

'우리는 어떻게 남을 이해해야 할까?'

'대화에서도 단순히 입장만 바꿔보면 될까?'

'진정한 역지사지는 가능한가?'

역지사지는 생각보다 쉽지도, 만만하지도 않다.

가만히 앉아서 다른 사람의 입장을 머릿속으로 떠올린다고 역지사지가 되는 게 아니다. 상대가 처한 상황을 내 일이라고 아무리 가정해보더라도 그건 그냥 피상적인 상상일 뿐이다. 그렇게 해서 다른 사람을 제대로 이해하는 건 불가능하다.

역지사지가 좋다고 여기며 우리가 흔히 하는 이런 말도 경계
해야 한다.

"당신 입장을 충분히 이해합니다."

"당신 상황에 십분 동의합니다."

"저 같아도 그랬을 거예요."

우리는 살면서 이런 말을 수도 없이 한다. 상대에게 공감하고
상대를 모두 이해한다고 착각하면서 말이다. 하지만 상대 입장
에서 생각하는 것, 역지사지가 이렇게 말로만 간단히 되는 게 아
니다.

덜컥 말로써 "나 지금 역지사지하고 있어요" 한다면 그것이야
말로 역지사지가 아니다.


## 역지사지를 느끼는 법

성공한 청년 농부 고태령 대표를 만나 농촌 생활에 관한 대화
를 나눴다.

그는 사과즙, 배즙을 상품화해서 판매하며 큰 성공을 거두고
있는 농촌 기업의 대표이기도 하다. 농촌 생활을 경험해보지 못

한 나는 애써 농부의 마음과 농촌의 삶을 공감하려 애썼지만 쉽게 마음에 와닿지는 않았다. 대화를 나누던 중 FTA, 곧 자유무역협정이 화두에 올랐다. 농민들에게는 민감한 문제다. 나는 그에게 평소 궁금해하던 것을 물었다. 그의 이야기를 들으면 농민의 상황을 잘 이해할 수 있을 것 같았다.

"농촌은 좀 배타적이고 보수적이라는 느낌이 있어요. FTA 과정에서 보더라도 농민들은 반대가 많더라고요."

그의 설명은 예상과 좀 달랐다.

"배타적이라는 표현은 맞지 않습니다. 일부 농민들의 집회가 과격해 보이는데, 실제로는 그렇지 않아요. 농민들은 오히려 집회 현장에 나온 경찰한테 밥을 먹여줍니다. 농민들이 자식 같은 경찰을 왜 괴롭힙니까. 폭력적인 사람은 극소수입니다. 한미자유무역협정에서 공산품에 비해 농산품이 홀대를 받았지요. 성실하게 농사만 짓는 분은 대부분 양보하는 사람들입니다."

그는 단순히 농민의 입장을 들려주는 데 그치지 않았다. 대신 그가 농민으로서 체험한 일을 알려줬다. 농민 집회나 농사일의 현실을 이야기했다. 이런 그의 말이 훨씬 설득력 있었고, 비로소 이해가 잘됐다. 굳이 입장 바꿔 생각하지 않더라도 농민의 현실이 생생하게 와닿았다.

역지사지는 말이 아니라 행동이다.

말로써 가능한 것이 아니라 행동을 수반해야 비로소 역지사지가 된다.

상대의 생각을 온전히 이해하고 그 감정을 느끼려면 나에게도 그와 유사한 경험이 있어야 한다. 최소한 경험을 이야기할 수 있어야 대화에서 역지사지가 이뤄진다. 역지사지의 실체는 경험이다. 경험을 공유하는 것이야말로 둘도 없는 역지사지의 지름길이다.


## 경험을 공유하지 못한다면

하지만 현실적으로 우리가 세상 모든 일을 다 경험해볼 수는 없다.

내가 도저히 가볼 수 없는 곳에 대한 대화일 수도 있고, 이미 지나버린 먼 과거의 이야기를 나눌 수도 있다. 그 밖에 여러 가지 이유로 내가 미처 경험하지 못한 얘기가 대화 소재로 등장하는 경우도 많을 것이다. 그럼 그런 대화에서는 역지사지가 영영 불가능한 것일까. 온전하지는 못하더라도 비슷하게나마 노력은 해볼 수 있다.

바로, 내가 대화 상대가 돼서 자문자답을 반복하는 것이다. 만일 내가 그 상대라면, 내가 그때 그 자리에 있었다면, 내가 그 일을 해야 했다면, 내가 그렇게 말해야 했다면, 내가 가지 않았더라면, 혹은 내가 직접 나섰더라면⋯⋯. 이런 다양한 자문자답에서부터 시작하면 된다.

상대의 상황을 내 일로 가정해서 생각해보는 것. 즉, 아주 구체적인 질문을 나에게 던져봄으로써 실체 있는 간접 경험을 해보는 게 역지사지에 가까워질 수 있는 현실적 대안이다.

지금껏 나와 다른 삶을 살아온 사람의 입장을 이해하고 공감하는 것은 말 한마디로 가능하리만큼 만만한 일이 아니다.

유머 감각은 타고난다.

억지로 하는 유머는 포기하는 편이 낫다.

마음의 여유를 갖고 활짝 웃는 것만으로도

유머 감각 못지않은 효과를 볼 수 있다.

당신의 유머가 안 되는 이유

## 유머 강박증과 유머 대참사

바야흐로 유머 예찬의 시대다.

동시에, 유머를 '해야만 한다!'는 강박관념의 시대다.

바로 이 강박관념이 유머 대참사를 초래한다.

유머 강박증은 던져버려야 한다. 누구의 한마디가 뜨거나 어떤 말이 유행이면, 너도 나도 따라해야 할 것 같은 사회적 압박감도 문제다. 시대의 유행을 어설프게 따르는 데 일가견 있는 사람들이 유머를 사용할 때 썰렁해진다.

이런 광경, 우리에게 낯익지 않은가.

어떤 기관장이 연설을 한다. 한 손에 메모지를 들고 연단에 선다. 준비해온 유머다. 다짜고짜 유머를 먼저 '읽어' 내려간다. 그유머가 분위기에 맞든 안 맞든 아랑곳하지 않는다.

이제 느낌으로 완성해봐요

촌철살인의 해학? 절대 없다. 최신 정치·사회를 빗댄 풍자? 그런 용기는 제로다. 인터넷 검색만 하면 다 나오는 한참 철 지난 실없는 유머다. 게다가 청중은 억지웃음으로 반응을 보여줘야 한다. 이윽고 분위기는 가라앉는다.

유머 참사다. 유머를 구사해야 좀 세련돼 보인다고 하니 무조건 해야 한다는 강박증은 촌스러움의 극치다. 그런 식의 유머로는 상대의 마음에 메시지가 가닿을 리 없다. 제대로 사용하지 못한 유머는 오히려 부작용을 부른다.

서양 사람들의 유머는 왜 자연스러울까. 그들에게 유머는 생활이기 때문이다. 일부러 웃겨야 한다는 강박증 따위는 없다. 여유 있는 마음으로 대화하고 속내를 당당히 드러내는 사회·문화적 분위기 속에서 유머는 자연스러운 언어다.


## 유머에서 중요한 것

아무리 유머 문화가 설익었다지만 그 효과를 기대하며 우리는 여전히 유머를 시도한다.

유머를 잘만 하면 다음과 같은 좋은 결과가 따라온다.

껄끄러운 대화 소재도 너그럽게 받아들여지고, 딱딱한 대화 주제도 부드럽게 나누게 되고, 어색했던 분위기도 말랑말랑해지고, 같은 말을 해도 내공 있어 보이고, 인간미는 돋보이고, 여유 있는 말투 속에 전문성이 부각되고, 유머 속에 내 주장을 슬그머니 담을 수 있어 대화의 효율성이 극대화된다.

그런데 진정 당신의 유머는 안 되는 것일까?

유머를 잘하고 싶다면 이것 하나는 꼭 기억해야 한다.

유머가 일방적이어서는 안 된다. 즉, 나만 혼자 신나서 웃는다면 실패다. 상대방도 나의 유머를 함께 즐기고 웃을 수 있어야 진정한 유머다.

아무리 수준 높은 해학을 발휘하더라도 상대가 전혀 이해 못하거나 공감 못한다면 실없는 소리에 불과하다. 감각 있는 유머란 나보다 상대가 더 웃을 수 있도록 만드는 말이다. 이른바 '참여하는 유머'가 가능해야 비로소 유머의 격이 높아진다.

## 유머 감각? 포기하세요!

유머에 대해서 알아둘 것이 또 있다.

유머 감각은 타고난다는 사실.

제아무리 책을 보고 연구해봐야 타고난 유머 감각은 도저히

이제 느낌으로 완성해봐요

따라갈 수 없다. 돌발적 상황에 유머로 대응하는 사람과 그렇지 못한 사람이 구분되는 것은 유머 감각의 차이 때문이다.

그러니 애초부터 유머 감각이 없다면 괜히 애쓰지 말자.

대신 '유체이탈 화법'을 구사해볼 수는 있다.

문제에 너무 몰입하지 않고 제삼자 입장에서 대화에 임하는 방법이다. 그러면 마음에 여유가 생기고 말 한마디도 유머러스하게 나온다.

한 예로, 외모에 대한 대화를 나눌 때를 가정해보자. 사실, 당신은 못생긴 얼굴에 살짝 콤플렉스가 있다. 근데 예쁘장한 대화 상대가 이렇게 말한다.

"성형 수술이 성행하는 건 사회적 낭비 아닐까요?"

이때 당신에게 유체이탈 화법이 필요하다. 당신의 외모 콤플렉스는 잠시 잊고 이렇게 말하자.

"그 사람들 못생긴 죄로 돈 낭비라도 실컷 하라죠."

이로써 둘이 호탕하게 웃을 수 있다.

내 얼굴이 예쁘지 않다는 사실은 그 대화에 아무런 유의미한 영향도 미치지 않는다.

대화 주제에서 한 발짝 물러선다면 사안의 긍정적인 면과 부정적인 면을 콕 짚어 살짝 비틀거나 허심탄회하게 내지르는 게 가능해진다.

그래도 도저히 유머가 안 된다면?

역시 궁극의 방법이 있다. 아주 간단하다.

무조건 잘 웃는 것이다!

유머 감각 못지않게 좋은 역량이 잘 웃는 것이다. 상대방 얘기에 밝게 활짝 웃으며 화답하다 보면 대화 속에 즐거운 감정이 스며든다. 웃음엔 강력한 전염성이 있다. 웃는 표정만으로도 실제 웃는 것과 동일한 효과를 낼 수 있다는 사실은 이미 과학적으로 증명됐다. 미소 짓는 입꼬리를 만들면 진짜 웃을 때와 같은 긍정 호르몬이 우리 몸에 분비되어 정신이 맑고 건강해진다.

고품격 유머 감각으로 상대를 웃음 짓게 못할 바엔 내가 먼저 웃음으로써 밝은 대화 분위기를 띄우자. 웃음이야말로 대화에 활력과 에너지를 주는 비타민이다.

잘 보이려는 노력은 그만

아무리 어려운 상대라도 호감을 얻기 위해

비굴해지지는 말자.

대화를 잘하려면 내가 먼저 즐거워야 한다.

## 내 마음에 먼저 들어야 만사형통

대화할 때 상대 마음에 들기 위해 덮어놓고 애쓰지 말자.

처음 만난 사람이나 어려운 상대한테 잘 보이기 위해 비굴하게 비위만 맞출 필요는 없다. 상대의 호감을 얻기만 하면 그 대화가 성공적일 것 같지만 꼭 그렇지만도 않다.

상대가 우선 내 마음에 들어야 한다. 내가 상대에게 갖는 호감이 더 중요하다는 얘기다.

시간 가는 줄 모르고 정신없이 대화했던 기억이 한 번쯤 있는가?

잘 생각해보면 십중팔구 내가 상대에게 호감이 있을 때다. 상대가 어떤 얘기를 해도 마음에 쏙쏙 와닿고, 나의 태도는 적극적이며 긍정적이다. 어렵고 딱딱한 주제지만 힘들기는커녕 함께 이야기하는 것만으로도 행복하다. 당연히 기억에 남는다.

낯설고 어려운 상대라도 호감이 있으면 그 대화는 즐겁다. 상대에게 묻고 싶은 질문이 마구 떠오르며 대화 소재도 다양해진다. 이미 그와 심적으로 가까워졌기 때문이다. 이렇게 호감으로 가득 찬 나의 태도가 상대에게는 존중받는다는 느낌을 선사하고, 그는 기꺼이 마음의 문을 연다.

수월한 대화를 위해서는 내 호감이 먼저다. 내가 즐거워야 상대도 즐겁다.


## 좋아하는 사람들 앞에 서면

한국 영화 〈기생충〉이 제92회 아카데미상 시상식에서 작품상, 각본상, 감독상, 국제장편영화상을 받으며 4관왕에 오른 감격적인 순간, 전 세계의 이목은 봉준호 감독의 수상 소감에 집중됐다. 어쩌면 그는 영화감독으로서 인생의 절정기에 선 느낌이 들었을지도 모른다.

아니나 다를까, 봉 감독의 수상 소감은 '말하기'의 단골 분석 소재로 떠올랐다. 그는 겸손하고 유머 감각이 있을 뿐 아니라 소탈한 화법까지 구사했다며 칭찬을 받았다.

그는 자신이 존경하는 마틴 스콜세지 감독의 어록 "가장 개인적인 것이 가장 창의적인 것이다"를 언급했다. 또 그가 유명하지 않을 때 자신이 감독한 영화를 선호 작품 목록에 늘 올려준 쿠엔틴 타란티노 감독에게도 감사를 표했다. 여기에 그치지 않고, 그 자리에 참석한 다른 감독들과 '텍사스 전기톱'으로 트로피를 나눠 갖고 싶다는 재치까지 발휘했다. 밤새 술을 마시겠다는 마무리로 털털한 면모도 보였다.

그의 수상 소감은 소박했다. 화려한 미사여구나 치밀하게 계산된 언급은 없었다. 하지만 그의 소감이 빛났던 것은 마음에서 우러나온 말을 했기 때문이다. 그가 던진 한마디 한마디는 자신이 참 좋아했고 지금도 좋아하는 감독과 배우 및 스태프를 향한 것이었다.

우리가 평소 호감을 가진 사람과 대화할 때는 같은 이야기를 하더라도 내 안의 진심이 묻어 나오게 마련이다. 그러면 평범한 말 한마디를 건넬지라도 감정이 풍부해지고 전달력은 급상승한다.

대화뿐 아니라 연설이나 강연 등 어떤 종류의 소통을 수행하더라도 내 안에 상대에 대한 호감이 있다면 걱정할 필요가 없다.

# 호감을 만들면 자동으로 오는 그것

상대에 대한 호감이 없는데 굳이 그걸 만들어야 할까?

그렇다. 없는 것보다는 있는 게 확실히 도움이 된다.

호감을 만들어내는 가장 간단한 방법은 틈날 때마다 상대를 생각하는 것이다. 그와 연관된 사안을 중심으로 이런 생각 저런 생각 떠올려보자. 만일 그가 특정 분야의 전문가라면 상상 속에서 이런저런 자문도 구해보자. 그가 잘 아는 분야, 그가 잘하는 일 위주로 대화하는 이미지 트레이닝은 놀랍게도 호감을 생성한다. 별것 아닌 것 같아도 꽤 유용한 심리적 훈련 효과다.

모든 것은 마음에 달려 있다고 하지 않는가.

비록 일방적이지만 이미지 트레이닝을 통해 대화 상대와 친분을 쌓은 뒤 그를 만나면 나의 말과 표정은 더 자연스러워진다. 마음속에 이미 호감이 싹텄기 때문이다.

당연히 대화도 술술 풀린다.

궁리한 만큼 참신한 이야깃거리가 생기고 대화의 스펙트럼도 넓어진다.

우리의 뇌는 골똘히 집중할 때보다 휴식을 취하며 움직일 때 더 기발한 아이디어를 내놓는다. 가만히 앉아 대화 주제를 멍하니 고민하지 말고 평범한 일상 속에서 상대와 나눌 이야기 소재를 떠올린다면 시간 활용도 효율적이고 반짝이는 아이디어도 생길 것이다.

　평범한 인간에게 사고의 폭은 제한적이다. 모든 조건이 동일하다면, 몇 날 며칠을 두고 생각한 사람과 날짜에 임박해 바짝 고민한 사람 중 누가 더 재미나게 대화를 끌어갈지, 그 결과는 자명하다.

　대화 시뮬레이션을 통해 얻는 심리적 안정은 보너스다.

　실제로 대화에 임하는 순간, 나에게는 우아한 여유가 흐른다.

대화 상대와 친해지려면 '친한 척'을 하는 게 답이다.

상대 역시 때때로 외롭고, 두렵고,

쑥스러움을 느끼는 나와 똑같은 사람이다.

내가 먼저 다가가면 의외로 쉽게

친근한 대화 상대를 만들 수 있다.

## 의외로 통하는 철면피 용기

가끔 이런 사람을 만난다.

별로 친하지도 않으면서 날 만나면 친한 척 호들갑을 떠는 사람이다. 내가 무슨 말을 하면 세상 제일 공감하는 사람처럼 답하고, 내가 어떤 행동을 해도 엄마보다 나를 더 이해하듯 반응한다. 그런 사람을 만나면 부담스러운 게 사실이다.

그런데 희한하게도 그런 '친한 척'이 반복되면 나도 모르는 사이 익숙해진다. 다음에 만났을 때 그가 '친한 척'을 안 하면 홀가분하기는 하지만 한편으론 허전하고 은근히 걱정된다.

'나한테 화났나?'

'내가 뭘 잘못했나?'

'나한테 관심이 없나?'

처음에는 시원섭섭하던 감정이 점차 배신감으로 커진다.

사람은 적응의 동물이다.

싫은 것도, 부담스러운 것도 몇 번 겪다 보면 어느새 적응된다.

서먹한 관계라도 마음먹고 친한 척 다가가면 상대도 나의 '친근함'에 익숙해진다. 여기에는 단지 나의 용기, 너스레, 철면피가 필요할 뿐이다. 내가 먼저 다가가는 용기를 발휘하면 상대도 자기한테 친한 척 먼저 다가와주길 기다리고 있던 경우가 예상외로 많다. 애초에 용기가 없어 다른 사람과 선뜻 친해지지 못했을 뿐이다.

대화 상대에게 친한 척해서 손해 볼 것은 없다. 지나친 호들갑만 아니라면 말이다.


## 화려한 커리어 우먼과 '친한 척'

화려한 커리어 우먼에게는 쉽게 다가가기 어려운 후광이 있다. 친해지기 힘들 것이라는 편견과 함께 거리감이 느껴지기 마련이다. 여성 패션 매거진 편집장에 대해 갖게 되는 이미지도 딱 그렇다.

어느 날, JTBC플러스의 윤경혜 트렌드 총괄 및 본부장을 만났다. 그는 화려한 경력을 가졌다. 중앙일보 기자로 입사해 20년 정도 출판국 에디터로 일하다가 세계적 여성 패션지 〈코스모폴리탄〉 한국판을 창간해 편집장을 맡기도 했다. 또 중앙미디어그룹과 합작한 잡지 〈허스트중앙〉의 발행인을 거쳐 방송, 매거진, 멀티플렉스, 문화 사업을 아우르는 기업 제이콘텐트리의 최고경영자 자리에도 올랐다. 누가 봐도 대단한 커리어다.

그와 첫 대면을 하는 순간, 나는 '친한 척'하는 용기를 냈다.

"여기까지 오는 길이 참 힘들었죠?"

비슷한 언론계에 몸담았고 같은 커리어 우먼이라는 공통점을 무기로 일단 밀고 나갔다. 그동안 직장 생활이 얼마나 힘들었는지 객관적으로 묻기보다 '나도 다 안다'는 식으로 말했다. 뭐라도 공유할 수 있는 지점을 만들어 친근한 분위기를 만들고 싶었다.

"기자라는 직업의 가장 큰 매력은 하루도 같은 날이 없다는 거죠. 항상 '무'에서 '유'를 창조해야 하고요. 힘들기도 하지만 노력의 결과물을 바로 확인할 수 있어서 매력적이에요. 힘든 시절도 물론 있었지만, 재미를 느끼며 견뎠어요. 세상에서 일어나는 일을 한발 먼저 다가가 경험할 수 있으니 얼마나 재미있어요. 새로운 것을 좋아하는 성격인 나에겐 기쁜 날이 더 많았습니다."

처음에는 내가 일부러 만든 친근감이었지만 대화가 점점 무르익자 여성으로서 직장 내 고충까지 털어놓고 이야기할 수 있었다.

"세상이 바뀌었다고 해도 여성이 오랫동안 직장 생활을 하는 건 여전히 쉽지 않죠."

처음 만났지만 오랜 인생 선배에게, 혹은 친근한 언니에게 묻듯이 말하려고 애썼다. 분위기는 그렇게 점차 친근해졌다. 대화 분위기에 맞게 그는 친절한 조언을 해주듯이 답했다.

"여성은 조직 내에서 부당한 대우를 받았다고 생각되면 감정을 숨기지 못하고 그대로 드러내지요. 짧게 보지 말고 길게 봐야 하는데, 순간을 못 참고 즉흥적인 반응을 보이고 말아요. 심지어 조직 내에서 벌어지는 일을 자신에 대한 공격이라 생각하고 일을 아예 그만두기도 합니다. 이런 행동은 좋지 않습니다. 그런 면에서 남자들이 고단수예요. 그들은 길게 보고 플레이할 줄 알거든요."

내가 '친한 척'하지 않고 예의와 격식만 갖춰 이야기했더라도 대화는 그런대로 이어졌을 것이다. 하지만 분위기는 그만큼 무르익지 못했을 테고, 아마 겉도는 대화로 끝났을 것이다. 그러나 우리는 마음을 터놓았고, 그에 따라 대화의 밀도 또한 깊고 촉촉해졌다. 아마도 나의 '친한 척' 때문이었을 것이다. 처음에는 '친한 척'이었으나 시간이 지날수록 그와 정말 친해지고 있다는 느낌이 나를 사로잡았다.

## 친한 척은 신선한 돌직구

어느 주말, 아이들 학교에서 운동 경기가 열려 참석했다. 추운 겨울이었고 꽤 피곤했던 터라 나는 무표정한 얼굴로 뛰어다니는 아이들만 응시하고 있었다.

얼마 후, 내가 앉은 의자에서 1미터쯤 떨어진 곳에 처음 보는 학부모가 앉았다. 평소 같으면 누가 옆에 앉을 때 간단한 눈인사라도 하며 웃었을 텐데 만사 귀찮았던 상황이라 눈길도 주지 않았다. 주머니에서 손도 빼지 않고 멍하니 아이들 뛰는 모습만 쳐다봤다.

그렇게 30분가량 지나니 좀 무료하고 지루해지기 시작했다. 하필 그날따라 아는 사람도 없고, 몸 상태도 점점 더 나빠졌다. 바로 그때 아까 봤던 그 엄마가 나에게 말을 걸었다. 활짝 웃는 얼굴로 마치 오랫동안 알고 지낸 듯 친한 말투였다. 순간, 찌뿌둥하던 몸과 마음까지도 단숨에 녹아내렸다. 새로 전학 와서 학교가 낯선 그 엄마에게 내가 알고 있는 정보를 가득 알려주었다. 그날 이후, 나와 그 엄마는 만날 때마다 즐거운 이야기를 나누는 사이가 됐다.

친한 대화 상대가 되고 싶다면 이런저런 눈치 보며 상황을 고려하는 것보다 차라리 돌직구를 날리는 게 좋다.

나에게 어려운 상대는 다른 사람에게도 어려운 상대다. 그런 사람은 어딜 가나 눈치 살피는 말을 듣는다. 부담스럽고 어려워서 사람들이 말조심을 한다. 가까운 대화 상대로 만들기에는 한계가 있다.

그런 사람에게 내가 던지는 담백한 돌직구는 신선한 경험일 것이다. 묻고 싶은 말, 하고 싶은 말을 시원하게 콕 짚어서 던지기 때문이다.

익숙하지 않은 화법에 처음엔 놀랄 수도 있다. 하지만 그 깔끔한 화법에 오히려 매력을 느낄 수도 있다. 돌직구를 던지는 나에게서 자신감까지 뿜어나온다면 금상첨화다.

# 감언이설이 왜 나빠?

말은 사람의 이미지를 형성한다.

상대로부터 어떤 말을 듣는가에 따라

그에 대한 느낌이 만들어진다.

좋은 말, 긍정의 메시지를 전하면

나는 꽤 괜찮은 대화 상대로 인식된다.

## 말이 남기는 이미지

　누군가를 만나 이야기 나누고 헤어진 뒤, 그 사람에 대해 어떤 이미지가 남는가?

　잘 생각해보면 상대에 대한 이미지는 함께 나눈 대화로 인해 형성된다. 유쾌한 얘기를 나누었다면 유쾌한 사람으로 기억되고, 궁상맞은 얘기만 나누었다면 궁상맞은 이미지가 남는다. 대화 도중 남의 험담을 많이 늘어놓았다면 남의 얘길 함부로 하는 사람으로 기억된다. 그러니 대화 상대에게 두고두고 괜찮은 사람으로 기억되려면 긍정적인 말, 듣기 괜찮은 말을 많이 해야 한다. 긍정적인 얘기를 나누면 분위기가 좋은 것은 물론, 대화 당사자들도 좋은 기분을 안고 헤어진다.

　'이 사람을 만나면 기분이 좋아.'

'이 사람과 대화하면 생기가 솟아.'

상대에게 이런 느낌을 남길 수 있다면 나는 또 만나고 싶은 사람이 된다.

바로 친근한 대화 상대가 되는 길이다.


대학을 졸업하고 강산이 두 번이나 변한 뒤, 대학 동창들을 다시 만났다. 그 세월 동안 한 번도 못 본 친구들이 많았지만, 스무 살이 채 되기도 전에 만나서 대학 생활을 함께 공유했던 그들의 모습은 예나 지금이나 같았다. 그사이 우리는 어엿한 사회인이 되었고, 부모가 되었으며, 머리카락에 희끗희끗한 세월의 흔적이 남았다.

그렇게 반가운 마음에 식사를 하며 대화를 나누다가 누군가의 제안으로 한 사람씩 돌아가며 자신의 근황을 이야기하고 또 대학 시절 추억을 공유하는 시간을 갖게 되었다. 친구들의 발언이 하나둘 이어지면서 나는 서서히 마음이 복잡해졌다. 내가 기억하던 내 친구와 지금 내 앞에 앉은 친구의 모습이 전혀 맞아떨어지지 않았다. 게다가 나는 도무지 기억나지 않는 그 옛날의 내 말과 행동을 다른 친구들은 선명하게 기억하고 있는 것 아닌가. 'MT에서 너는 이런 말을 했었지!' '캠퍼스를 걸으며 너는 이런 얘기를 주로 했어.' '너는 그때 이상형이 이렇다고 말했잖아.' 정

말이지 하나도 모르겠는 이야기투성이였다.

나에 대한 이미지를 내가 한 말을 통해 기억하고 있을 친구들 앞에서 혹시 말실수를 한 적은 없는지, 마음에도 없는 괜한 소리를 한 적은 없는지 온통 신경이 쓰이는 자리였다.

내가 누군가를 다시 만나게 된다면, 그가 나에 대해 갖는 인상은 내 말이 남긴 이미지다.

말의 내용에 따라 인간관계도 달리 형성된다. 누군가에게 어떤 말을 듣는가에 따라서 그에 대한 이미지와 느낌이 만들어지기 때문이다. 가능한 한 좋은 이미지를 남길 수 있는 말, 상대가 듣기 좋은 말을 해야 하는 이유다.

## 칭찬으로 만드는 좋은 이미지

멋진 말로 상대에게 좋은 인상을 심어주고 싶은데 문득 소심해진다.

'과연 나에게 특별한 스토리가 있나?'

'남들이 하지 않는 대단한 노력을 기울여야 가능한 것 아닐까?'

'내 말이 상대에게 매력적으로 들릴까?'

이런 생각에 자신감이 떨어진다.

하지만 꼭 이런 조건 없이도 얼마든지 좋은 인상을 남기는 말은 가능하다.

기왕이면 긍정적인 단어, 긍정적인 내용으로 대화하면 된다. 긍정의 메시지가 뿜는 에너지는 인간관계를 돈독하게 다진다. 칭찬의 말도 많이 하면 좋다. 상대의 좋은 점을 찾아서 칭찬하는 데 신경을 쓰는 것이다. 상대를 잘 알지 못해도 가능하다. 어차피 단시간에 누군가의 인간성을 온전히 파악한다는 건 불가능하지만, 누구에게나 장점은 있기 마련이다. 무슨 칭찬을 해야 할지 모른다고 걱정할 필요가 없다. 당장 눈에 보이는 것에서 찾을 수도 있다. 옷차림, 헤어스타일, 피부, 들고 있는 가방이나 소품은 어떤지 말이다. 아무리 사소하더라도 일단 좋아 보이는 것에 칭찬과 찬사를 아끼지 않는 것이다. 영혼을 담아서 하는 칭찬이 아니어도 상관없다. 나의 이런 말이 대화 상대에게 긍정적 이미지를 남긴다.

칭찬하는 말을 많이 한다고 해서 감언이설을 하며 아부나 떠는 사람으로 보일까 봐 걱정할 필요는 없다. 누구라도 칭찬 앞에서는 마음이 부드러워지고 훨씬 너그러워지니 말이다.

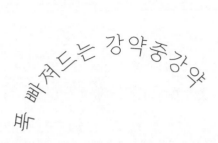

꼭 빠져드는 강약중강약

이야기 속에 강하고 약한 소재가 적절히 섞여 있을 때,

재미와 긴장 그리고 편안함이 어우러져

몰입도 높은 대화가 완성된다.

세거나 혹은 약하거나

대화 초반부터 강렬한 인상을 주고 싶어서 바로 본론으로 들어가는 경우가 있다. 거두절미한 채 나름 중요하다고 여기는 질문 공세를 이어나가는 성격 급한 사람도 있다.

"안녕하세요?"

"건강한 심장을 유지하려면 운동 강도를 어떻게 조절해야 하나요?"

"오랜만입니다."

"제 사업 파트너와 의견 충돌이 있는데, 다음 프로젝트는 진행이 어렵겠어요."

간단명료해서 좋기는 하다. 의사 전달이 매우 명쾌하게 이뤄져서 오해의 소지도 없다. 하지만 지나치게 단도직입적이지 않은가. 게다가 인간미도 없다.

물론 이런 직설적인 대화에는 장점도 있다. 짧은 시간에 내가 원하는 내용을 나눌 수 있고, 불필요한 낭비가 사라진다. 하지만 하고 싶은 말만 딱 하고 듣고 싶은 말만 딱 듣고 마는 형식적 대화로 마무리될 가능성이 크다. 인간적인 관계를 돈독히 쌓아가기란 요원해 보인다.

그렇다고 신변담이나 주변적 이야기만 너무 빙빙 돌려 하는 것도 피곤한 일이다.

"오늘 머리 스타일이 예쁘네요. 어머나, 이 가방은 어디서 사셨어요?"

"저는 요새 몸무게가 늘어서 고민이에요."

"식사는 하고 나오셨는지. 저는 아침을 많이 못 먹겠더라고요. 이 커피는 향이 독특하네요."

딱히 하나 마나, 들으나 마나 한 이야기들이다. 굳이 시간 내서 오래 나눌 만한 대화는 아니다.

'도대체 내가 왜 이 사람과 만나서 지금 이런 얘기를 하고 있지?'

'대체 무슨 말을 하고 싶은 거지?'

이런 근본적인 의문을 들게 해서 좋을 것은 없다.

매사가 그렇듯 대화할 때도 적절한 수위 조절이 필요하다.

그 수위 조절은 노래의 리듬처럼 '강약중강약'으로 하면 가장 무난하다. 노래에는 항상 강약중강약이 있다. 몰입해서 노래를 부르려면 강하기만 해서도 안 되고 약하기만 해서도 안 된다. 감정을 더 풍부하게 하기 위해서는 조였다 놓았다 들었다 내렸다 해야 한다. 그래야 촉촉하게 감정에 몰입할 수 있다.

대화도 마찬가지다.

66                                           대화 속의 오아시스

외교 및 안보 전문가인 정옥임 전 국회의원을 만났다. 워낙 당당하고 똑 부러지는 스타일이라 단둘의 대화를 앞두고 나는 설렘 반 긴장 반이었다. 얼마나 대화가 밀도 있고 찰지게 이어질지 미리부터 짐작할 수 있었다.

분위기 좋은 한 카페에서 그와 마주 앉았다. 우리가 다룬 대화는 북핵 문제, 미중 외교, 북한 인권 등 좀 무거웠다. 하나같이 중요한 이야기였지만 좀 지루해질 무렵, 나는 주제에서 너무 벗어나지 않으면서도 조금은 부드러운 소재를 꺼내 들었다.

"우리나라 여성 정치인도 영국의 대처 총리, 독일의 메르켈 수상처럼 성장할 수 있을까요?"

그는 조금도 주저하지 않고 딱 잘라 말했다.

"대처 총리, 메르켈 수상이 한국인이었다면 그들은 한국의 대처와 메르켈이 되지 못했을 거라고 대답하겠어요."

우리는 이 이야기를 계속해서 깊이 있게 이어가지는 않았다. 하지만 그게 무슨 뜻인지 알기에 허탈하게 웃으며 서로 이해하는 눈짓을 교환했다.

그리고 잠시 쉬어가는 느낌의 질문과 답을 주고받은 김에 여성 정치인의 실상과 여성 정치인에 대한 세간의 평가 등을 얘기하며 무거웠던 대화의 강도를 좀 조절했다. 딱딱한 소재에서 다소 말랑한 소재로 갈아타니 대화의 몰입도가 오히려 높아졌다.

대화에 계속 집중하려면 좀 강한 발언, 가볍고 소소한 내용, 딱히 어렵지 않은 무난한 이야기를 적절하게 버무려야 한다. 모든 소재가 다 세다면 피곤하기만 할 뿐 중요한 포인트는 사라진다. 강한 이야기는 대화 내내 많아야 두세 번 정도면 충분하다. 사실, 딱 한마디의 강렬한 말만으로도 잊지 못할 인상을 남기는 데는 족하다.

동시에 시시한 이야기의 쓸모도 크다. 지극히 일상적이고 소소한 이야기가 없다면 대화는 긴장의 연속이며 불편해진다. 실없이 웃고, 아무 고민 없이 듣고 떠들 수 있는 이야기는 대화 속의 오아시스다.

성공한 사람의 말투와 매력적인 말투는

무엇이 더 먼저라 할 게 없다.

성공했기에 매력적으로 말하는 것이고,

매력적이게 말함으로써 성공에 이른 것이다.

평소 매력적인 말투로 말하는 습관을 기르자.

그것이 성공에 더 가까이 다가가는 길이다.

매력으로 열일하는 대화

## 성공이 먼저? 매력이 먼저?

성공과 말의 매력은 동일체다.

자수성가해서 억만장자가 된 사람의 말에는 투박한 매력이 있다. 금수저로 태어나 평생을 남부러울 것 없이 사는 사람의 말에는 매끄러운 향기가 돈다. 자영업을 만족스럽게 이끌어가고 있는 사장님의 말에는 힘이 있다. 자식 농사 잘 지었다고 자타가 인정하는 부모의 말에는 기쁨이 넘친다. 해야 할 일을 깔끔하게 마무리한 사람의 말에는 만족스러운 여유가 담겨 있다.

성공한 사람과 대화할 때 그들의 말속에는 이런 매력, 향기, 힘, 기쁨, 여유로움 등이 풍긴다. 재산이 많아서만도 아니고, 스트레스가 없어서도 아니다.

이들의 말은 왜 유독 듣기 좋을까?

그렇게 들리기 때문이다.

일단 성공한 사람 앞에 서면 우리는 너그러운 마음이 든다. 무슨 말을 어떻게 하더라도 좋은 쪽으로 해석하는 게 보통이다. 자수성가한 CEO의 거친 사투리를 들으면 꾸밈없는 그 순박함이 대화의 장점이라고 받아들인다. 장사를 잘하는 자영업 사장님의 힘 있는 말투를 들으면 그런 열정이야말로 대화의 장점이라고 생각한다. 기왕 잘 살아가고 있는 사람들이니 어떤 형태의 말이라도 좋게 들리는 것이다.

그럼 일단 성공한 사람이라면 대화에 유리할까.

성공이 전제되어야 매력적인 말이 나올까.

꼭 그렇지는 않다. '성공'과 '매력적인 말'의 순서는 상관없다.


## 컴퓨터 장인의 매력 언어


한번은 노트북을 수리해야 해서 인터넷을 통해 '잘나가는' 컴퓨터 수리점을 찾았다. 견적이 얼마나 나올지, 시간은 얼마나 걸릴지, 정말 제대로 고칠지 반신반의하며 일단 전화를 걸어 문의했다.

전화기 건너편에서 들려오는 목소리는 예상외로 맑고 활기찼다. 신바람이 난 말투였다. 그런데 더 특이한 점은 내가 황송하리만큼 공손했다. 귀찮아하거나 대강 얼버무리는 기색이 전혀 없었다. VIP 고객을 응대하듯 반듯하고 정중한 태도였다. 수리점 사장 왈, 하도 손님이 많아 예약이 필요하다기에 예약을 걸어놓고 며칠 뒤 수리점으로 찾아갔다. 젊은 사장은 활짝 웃는 얼굴로 친절한 설명을 곁들이며 접수를 마쳤다.

"최대한 빨리 완성할 수 있도록 하겠습니다. 완성되면 전화 올리도록 하겠습니다."

내 평생 수리점에서 "전화 올리겠습니다"라는 표현은 처음 들어봤다. 그리고 그는 예정 시간보다 30분 정도 일찍 수리를 마치고 나에게 전화를 '올렸다'.

수리가 진행되는 동안 나는 커피 전문점에서 기다리기로 마음먹었다. 한 아르바이트생이 주문을 받았는데, 어색하고 불쾌했다. 마치 내가 커피를 구걸하는 상황 같았다. 그는 만사 귀찮은 표정이었다. 얼른얼른 주문하라는 식으로 성의 없이 고객을 응대했다.

아르바이트생으로부터 받은 눈치는 이랬다.

'뒤에 줄도 있는데 왜 빨리 주문 안 하세요?'

'메뉴가 다양해서 당신 같은 사람은 고르기 힘든가요?'

'그냥 적당히 아무거나 주문해 드세요.'

'난 정말 이렇게 서서 주문받는 일이 지겹다고요.'

그가 정말 그런 생각을 했는지는 모른다. 하지만 내가 받은 인상이 그랬고, 아마도 내 느낌이 크게 틀리지는 않았을 것이다. 나는 마음이 급해져 대충 아무거나 주문하고 계산을 했는데, 생각할수록 억울했다. 내 돈 내고 사 먹는 커피를 이렇게 눈치 보며 주문할 필요가 있나 싶어서 말이다.

이 두 사례에서 우리는 확연한 차이를 알 수 있다.

컴퓨터 수리점 사장은 자기 일에 자신감이 있기에 기꺼이 공손할 수 있었다. 아무리 상대에게 극존칭의 표현을 써도 비굴하거나 존재감이 작아지지 않는다. 자기 실력을 보고 더 많은 고객이 찾아올 것이라는 자신감이 있다. 그리고 돈을 벌게 해주는 고마운 손님한테 존댓말을 쓰고 또 써도 그저 기쁠 뿐이다.

반면, 아르바이트생은 어땠을까. 자칫 빈틈을 보이면 상대가 '일개 알바'라고 무시하지 않을까 방어하는 마음이 있었을지도 모른다. 아무리 커피 주문을 많이 받아봐야 시급은 똑같다. 차라리 손님이 없다면 몸이라도 편할 텐데 말이다. 언제 그만둘지 모르는 일이니 자부심, 주인 의식, 자존감도 없다. 이럴 때 대화 상대에게 한없이 공손하기는 어렵다. 그러면 혹시 손님이 무시할지도 모른다고 생각하기 때문이다.

그럼 다시 생각해보자.

성공했기에 매력적인 대화를 하게 되었을까, 매력적인 대화를 하다 보니 성공에 이르렀을까?

둘 다 맞다.

지금 나의 상황이 성공적이라고 생각되지 않으면 매력적인 대화부터 시도해보자. 그러면 성공으로 가는 길에 반드시 보탬이 되고도 남는다. 성공한 사람들의 말투를 따라 해보는 것도 추천할 만한 팁이다.

# 목소리가 중요하지 않은 이유

대화는 목소리보다 톤으로 말할 때 더 영향력이 있다.

여기에 풍부한 표정, 그리고 눈빛이 더해지면

대화를 성공적으로 마무리할 수 있다.

## 목소리보다 톤으로

"저는 목소리가 별로라 대화하는 데 자신이 없어요."

이런 말을 들으면 참 안타깝다.

대화에서 목소리는 지극히 부수적인 요소일 뿐임을 모르고 하는 얘기다.

드라마를 보면 배우들의 연기가 매우 자연스럽다. 배우는 실제 상황이 아니라 카메라와 수많은 스태프 앞에서 그야말로 '연기'를 하는 중이다. 그럼에도 불구하고 그들이 하는 대사는 실제보다 더 생생하고 현실적이다. 그들의 목소리가 훌륭해서일까. 외모가 출중해서일까. 물론 이런 요소도 필요하다. 하지만 더 중요한 것은 그들이 자기 역할과 분위기에 가장 적절한 목소리의 '톤'으로 연기를 한다는 사실이다.

드라마 분위기에 가장 적합한 톤을 구사하는 사람이 명배우다.

진지한 정치 드라마에서 대통령 역할을 맡은 배우의 목소리 톤은 낮고 진중하다. 로맨틱 코미디의 대학생 여주인공 목소리 톤은 발랄하고 상큼하다. 시트콤 드라마의 할아버지 목소리 톤은 어딘지 모르게 능청스럽다. 배우들은 이처럼 극중 역할과 배경에 가장 맞는 톤으로 대사를 읊는다. 늘 빼어난 미모와 옥구슬 굴러가는 목소리로만 일관한다면 결코 큰 배우로 성장할 수 없다.


## 난 목소리가 별로인 아나운서

아나운서들의 목소리는 다 좋을까?

KBS에 입사했을 때, 나는 그다지 목소리 좋은 아나운서가 아니었다. 어느 날, 아나운서실 대선배가 나를 불러놓고 내 목소리에는 비음이 너무 많이 섞였기 때문에 그걸 고치지 않으면 아나운서로서 생명이 길지 못할 것이라고 겁을 주었다. 그뿐 아니었다. 신입 시절, 방음 처리된 답답한 부스에서 10분짜리 라디오 뉴스를 혼자 진행하는데, 3분도 채 지나지 않아 성대가 건조해지고 목소리가 온통 갈라지며 식은땀이 나기 시작했다. 앞이 캄캄해지고 당장 눈물을 쏟을 것처럼 겁이 난 아찔한 시간이었다. '아나운서답지 못한' 목소리로 간신히 10분 뉴스를 마치고는 과연 내가 아나운서 생활을 감당할 수 있을지 심각한 고민을 했다. 물론 아나운서로서 결격 사유가 될 정도의 목소리는 아니었지만, 윤기 있고 매끄러운 목소리를 타고나지는 못했던 것이다.

이후 열심히 훈련을 쌓으며 제법 프로 아나운서다운 목소리로 다듬어졌으나 여전히 나는 내 목소리에 불만이 많았다.

그럼에도 나는 주요 뉴스 진행자로 커리어를 쌓았다. 쇼와 예능 등 각종 프로그램을 섭렵하며 나만의 영역도 확보했다. 그건 바로 나만의 고유한 목소리 톤 덕분이었다고 짐작한다. 약간은 고음이면서 통통 튀는 발랄한 목소리 톤이 내 개성이었다. 그런 톤이 필요한 프로그램이 분명 있고, 시청자들은 아나운서의 목소리가 아니라 그 톤에 더 의존해 듣는 경향이 있다.

아나운서도 이러할진대 우리 일상생활에서 늘 정확한 발음과 옥구슬 굴러가듯 낭랑한 목소리로 대화할 필요는 없다. 대화의 참맛이 살아나려면 내 목소리 톤의 개성을 살리는 것이 훨씬 중요하다.

목소리와 외모는 처음에만 잠시 중요할 뿐이다. 정작 대화를 이어가는 데 결정적인 것은 적절한 목소리 톤이다. 진지한 정치·

사회 얘기를 나눈다면 목소리 톤은 당연히 낮고 진중해야 한다. 신나는 여행 주제라면 톤이 살짝 흥분된 듯 올라가 있어야 좋다. 아이의 진로 상담을 나눌 때에는 단호하고 강인한 톤이 신뢰감을 준다.

주제에 맞는, 혹은 직업에 맞는 목소리 톤을 갖추지 못했으면서 예쁘게만 말한다고 능사는 아니다. 거기엔 분명 한계가 있다. 성공적인 대화를 하고 싶은 사람에게 목소리가 예쁘거나 나쁜 것은 상관없는 이슈다.


## 성대도 노화한다


흥미로운 사실이 있다. 사람의 목소리도 노화가 진행된다는 것이다. 목소리 노화의 원인은 우리가 사용하는 성대 기관이 노화하기 때문이다. 성대의 탄력이나 회복력은 세월이 지날수록, 사용할수록 약해진다. 성대의 노화는 우리 목소리에 그대로 반영된다. 나이가 들면 예전 같지 않게 점차 목소리가 허스키해지고 탁해지는 이유는 바로 여기에 있다. 오랜만에 만난 사람의 목소리가 전과 달리 둔탁하다면 성대의 노화 때문일 가능성이 높다.

우리는 여기에서 힌트를 얻는다. 말투와 언어는 성대에 반영되고, 그것이 곧 목소리에 투영된다는 사실이다. 항상 기쁜 마음으로 즐거운 말을 하며 살아온 사람의 성대에는 유쾌한 흔적이 남는다. 목소리가 썩 예쁘지 않았던 사람도 긍정적인 말의 기운이 성대에 쌓이다 보면 기분 좋은 목소리를 내게 되는 것이다. 반대로, 툭하면 남을 비난하고 화내며 짜증 섞인 말을 뱉어온 사람의 성대에는 불쾌한 자국이 남는다. 그렇게 노화한 성대에서 어떤 소리가 나올지는 뻔하다.

세월이 지나면서 삶의 궤적이 얼굴에 드러나듯 우리는 아름다운 목소리 톤을 만들어갈 수 있다. 내 목소리 톤은 상대의 귀를 통해 나에 대한 전반적 느낌을 전한다. 특정하기는 어렵지만 강렬한 인상이다.

늘 남을 속이며 살아온 사람의 말투에서는 진심이 느껴지지 않고, 아부하며 살아온 사람의 말투에서는 비굴함이 감지된다. 호통치고 군림하며 살아온 사람의 말투에 겸손함은 없다. 애교 많은 사람의 말투에서는 귀여움이 묻어나온다. 새로운 사랑을 시작한 사람의 말투에서는 아끼고 소중히 여기는 마음이 뚝뚝 떨어진다. 이는 모두 자신이 쓰는 말의 습관이 성대에 새겨지기 때문이다.

## 비장의 무기, 얼굴로 하는 대화

아주아주 친한 사람이 있는데 딱히 말을 하기 곤란한 상황이라면, 그의 눈빛만으로도 어느 정도 의중을 파악할 수 있다. 반대로 별로 친하지 않은 사람도 표정만으로 그의 기분이 좋은지 나쁜지 대강 짐작할 수 있다.

눈빛과 표정은 하고 싶은 얘기를 전달하는 좋은 재료다. 비록 내 목소리가 끔찍하다 해도 촉촉하고 맑은 눈빛과 풍부한 표정으로도 말할 수 있으니 얼마나 다행인가. 겉으로 드러나는 표정이 과하면 어떨지 걱정할 필요는 없다. 배우가 아닌 바에야 아무리 과장해도 남이 볼 때는 전혀 그렇지 않다.

표정을 살리는 요소 중 하나가 눈빛이다. 눈빛은 살아 움직이기 때문이다. 눈에는 슬픔, 기쁨, 놀라움, 애정 등 모든 감정이 묻어난다. 마음을 고스란히 비추는 눈빛은 그래서 거짓말을 잘 못한다. 대화 내용에 맞는 감정이 눈빛에 담기면 백 마디 말을 보탠 것보다 전달력이 상승한다. 입꼬리의 움직임도 표정을 완성하는 데 한몫한다. 흐뭇하고 자랑스러운 대화가 오갈 때 살짝 미소 짓듯 입꼬리를 올려보라. '나도 당신 말에 공감해요'라는 메시지가 충분히 전해진다.

목소리는 타고난다. 하지만 목소리 톤과 얼굴 표정은 누구라도 적절하게 활용할 수 있다. 목소리 좋다는 아나운서도 예외 없이 신경 쓰며 노력한다. 전문가가 아니더라도 단지 거울을 보며 연습해보는 것만으로 충분하다.

이제부터라도 목소리 톤이나 얼굴 표정에 집중해보자.

의상을 잘 착용하는 것만으로도 자신감이 올라간다.

누구에게 잘 보이려는 목적보다

자신의 내면을 더 단단하게 만드는 데 유용한 소품이다.

과하지 않게, 튀지 않게 때와 장소에 어울리는

의상을 입어보자.

잘나가는 사람은 옷으로 완성된다

## 의상으로 입는 자신감

자신감이 충만하면 안 풀리던 대화도 잘 진행된다. 비록 내가 잘 모르는 주제라도 자신감만 있다면 문제없다. 뭐든 당당하게 응할 수 있고, 틀린 소리를 하고도 편안히 웃어넘길 수 있다. 이렇게 자신감이 높다면 딱히 대화를 잘하기 위한 고민도, 공부도 크게 필요 없지 않을까. 내용은 둘째치고 상대에게 좋은 인상을 남길 수 있다면 대화는 어차피 절반 이상은 성공이기 때문이다.

스스로에 대한 만족감이 높으면 대화는 훨씬 수월하게 풀린다.

대화에 도움이 될 정도의 만족감은 자기 존재에 대한 근본적 차원으로까지 깊고 진지할 필요가 없다. 일시적이고 소박하고 일상적인 만족감이면 충분하다.

예를 들어, 내 몸에 착 붙는 완벽한 핏의 옷을 입었을 때, 내 피부 톤과 어울리는 색상의 스웨터를 걸쳤을 때, 발이 편하고 모양도 예쁜 운동화를 신었을 때를 상상해보면 알 수 있다.

거창하지는 않지만 뭔지 모를 자신감이 스멀스멀 올라오며 왠지 목소리가 점차 당당해지는 경험을 해보았을 것이다. 내딛는 발걸음에도 자신감이 실리고 누가 쳐다보면 내 모습을 칭찬하는 시선으로 인식한다. 딱 그런 정도의 기분 좋은 자신감이면 된다. 외모는 쉽게 바꿀 수 없지만 때와 장소에 어울리는 복장을 갖추는 것은 그리 어려운 일이 아니다. 대화의 자신감을 확보하기 위해 의상에 신경을 쓰는 작은 노력으로 큰 효과를 볼 수 있다.

나 역시 가장 잘 어울린다고 생각되는 옷을 입었을 때 왠지 모르게 대화가 더 잘된다. 꼭 비싼 브랜드의 옷이 아니라도 몸에 완벽하게 맞는 느낌의 의상을 걸쳤을 때는 자신감이 올라간다. 심리적 안정과 여유를 제공하는 것이 의상이다.

나에게 잘 맞는 옷은 상대한테 잘 보이기 위한 도구가 아니라 자신감을 높여 대화를 좀 더 능수능란하게 하도록 만드는 유리한 도구다.

# 모든 대화에 어울리는 사람

의상이 대화에 미치는 효과는 확실히 크다.

몇 해 전, 대구 매일신문에 1년 동안 게재한 대담 인터뷰를 수행할 때마다 나는 의상 덕을 톡톡히 봤다. 정치인을 만날 때면 깔끔하게 떨어지는 재킷에 장식 없는 검은색 구두를 신어서 이지적이고 냉철한 모습을 연출했다. 패션 잡지 에디터를 만날 때는 하늘거리는 시스루 블라우스를 걸치고 하이힐을 신어서 다소 도도한 분위기를 만들었다. 공무원을 만날 때는 차분한 색깔의 장식 없는 수수한 옷을 걸치고 조금은 사무적이면서 객관적인 사람이라는 인상을 풍겼다. 요식업에 근무하는 전문인을 만날 때는 밝은 색상의 귀염성 있는 옷을 입어서 친근하고 다정한 분위기를 연출했다.

물론 의상으로 말을 대신하는 것은 아니다. 하지만 몸에 딱 맞으면서도 대화 상대의 분위기와 어울리는 의상을 입으면 기분이 좋아지면서 자신감도 같이 올라간다. 한마디 말을 건네더라도 더 당당하고 얼굴의 근육이 자연스럽게 풀어지며 표정에도 여유가 깃든다.

'나 지금 이 대화에 좀 어울리는 것 같아!'

이런 생각을 가질 수 있게 만드는 것이 바로 의상이다. 착각이어도 좋다. 자화자찬이어도 좋다. 자신감 있게 대화를 마칠 수 있으면 그만이다.

## 대화 의상의 적정선

일시적인 자신감 상승에 효과 만점인 의상 착용에도 주의할 점은 있다.

무엇보다 상대를 보고 의상을 선택해야 한다. 제아무리 신경 써서 차려입었어도 상대가 내 의상을 보는 순간 피식 웃음을 터트리면 그때부터 자신감은 오히려 쪼그라든다.

'내 의상이 좀 이상한가?'

'오늘 대화 분위기와 안 어울리는 어색한 복장인가?'

온통 의상에만 신경을 쓰느라 대화에 집중할 수 없다. 당연히 있는 내내 불안하다.

혹은 너무 과한 의상으로 상대의 기를 눌러버려도 문제다. 대화의 본질에서 벗어나고 주위가 분산된다.

'내가 너무 옷에 힘을 줬나보군.'

'의상 때문에 대화에 집중이 안 되는 것 같아.'

이런 생각이 머릿속을 떠다니면 자신감을 얻으려다 너무 많은 것을 잃을 우려가 있다.

이른바 '대화 의상'의 적정선은 나의 작은 만족감을 충족시켜서 자신감을 살짝 높인 다음, 대화를 수월하게 풀어나가는 데 보탬이 되는 정도여야 한다. 과하게 튀는 것은 금물이다.

이도 저도 안 되면 그냥 기본

대화에도 기본이 있다.

누구와 대화하더라도 기본에만 충실하면

평균 이상은 된다.

## 우리는 모두 외계인

　세상엔 정말 다양한 인간 군상이 존재한다.

　우리가 살아가며 만나고 대화 나누는 사람들의 특성은 헤아릴 수 없이 다양하다. 대화가 직업인 사람들에게도 매번 누군가를 만나 이야기하는 일이 쉽지는 않다.

　내가 신문 연재를 위해 1년 동안 대담 인터뷰를 진행하며 심도 있게 대화를 나눈 사람이 26명이었다. 그들의 직업 세계는 참 다양했다. 법조인, 의사, CEO, 교수, 방송인, 시인, 농부, 요리 전문가, 기자, 작가, 정치인 등 각계의 인물을 망라했다. 성향과 성격에서 공통점이라고는 거의 없었다. 그들이 품고 있는 세계관과 가치관도 달랐다. 물론 말투나 스타일도 천차만별이었다. 선호하는 대화 장소도 달랐다. 고작 26명이었지만 이들은 모두 멀고 먼 우주 행성에서 온 서로 다른 우주인처럼 각양각색이었다.

삶의 모습이 다른 사람들과 대화를 나누는 것은 분명 보통 일이 아니다. 그들의 삶은 나에게 생소하다. 그런 이들과 성공적인 대화를 하기 위해서는 말투도 달라야 하고, 앉아 있는 자세도 달라야 한다. 반응하는 방식 또한 마찬가지다.


## 기본이 답이다


우리는 일상에서든 일터에서든 언제라도 어려운 대화 상대를 만나며 살아간다. 그렇다면 대화를 수월하게 풀어나갈 만능 공식이라도 있지 않을까. 그건 바로 '기본에 충실하는 것'이다.

기본이야말로 대화를 무리 없게 해주는 원동력이다. 대화에서 기본적으로 지켜야 할 게 무엇인지 잘 안다면 아무리 특이한 사람을 만나더라도 큰 무리는 생기지 않는다.

수십 년간 방송 토크쇼를 진행하며 수백 명의 사람과 대화를 나누는 유명 진행자들에게도 어려운 대화 상대가 있기 마련이다.

미국 CNN의 명사회자로 알려진 래리 킹은 시종일관 짧고 시큰둥하게 대답하는 게스트를 만나면 애를 먹는다고 고백했다. 국내 예능 프로그램으로 장수하고 있는 〈라디오 스타〉에는 매회 개성이 다른 출연자들이 나와서 현란한 대화를 나눈다. 기본적으로 예능감이 몸에 밴 출연자이긴 하지만 그들과 한 시간도 넘게 매끄러운 대화를 나누는 것은 결코 쉬운 일이 아니다.

그러나 이들의 대화를 가만히 들어보면 제아무리 특이한 출연자가 나와도 진행자는 자신의 페이스를 잃지 않는다. 경청하고, 명확하게 질문하고, 지나치게 무례하거나 비굴하리만치 공손하지 않고, 본인보다 상대가 돋보이도록 신경을 쓰고, 넘지 말아야 할 선을 지키고, 꼭 짚고 넘어갈 핵심을 적절한 시점에 언급한다. 그들이 오래도록 프로그램을 진행하고 있는 것은 대화의 기본을 철저히 지키면서 그때그때 상황에 맞게 유연한 대처를 하기 때문이다.

사회 분위기가 변하고 대화 상대가 다양할수록 기본으로 돌아가는 것이 답이다. 대화를 잘하는 사람은 기본에 충실하다. 대화의 기본은 어렵고 특별하지 않다. 누구라도 당장 생각해낼 수 있는 상식적인 것들이다. 가령, 상대의 말을 경청하는 배려심, 너무 빠르지 않게 또박또박 말하는 습관, 적절한 단어 선택, 산만하지 않고 간결한 말투 등이다. 이런 요소를 자꾸 의식하고 습관을 들이면 누구라도 기본에 충실한 대화를 할 수 있다.

그리고 또 하나 중요한 점은 두괄식으로 말하라는 것.

미사여구나 부연 설명에 공을 들이는 대신 해야 할 이야기를 먼저 깔끔하게 정리하는 것만으로도 기본은 할 수 있다.

매번 대화의 태도를 맞춰가며 바꾸는 것이 힘든 이들에겐 희소식이다.

상대방의 배경과 성향 그리고 스타일이 아무리 유별나도 기본 규칙만 잘 지키면 큰 문제 없이 원만하게 대화를 진행할 수 있다. 그러니 미리 겁먹을 것도 없고, '나는 원래 말을 못하는 사람'이라며 지레 포기할 이유도 없다. 대화의 규칙이란 그렇게 복잡하고 난해하지 않다. 거창하게 규칙이라고 할 것도 없이 그저 늘 통하는 상식쯤이라고 해두자. 우리가 평소 생각해보지 않았거나 생각했더라도 잘 지키지 않았을 뿐이다.

이제 느낌으로 완성해봐요

그리고 나와 대화할 시간 "

{          }

길에게 길을 묻다

남들보다 자신과 대화하는 시간이 필요하다.

독백의 시간은 자신의 현재를 돌아보는

소중한 성찰 과정이다.

## 독백과 성찰

저녁 무렵 운전할 때면 종종 라디오를 통해 듣는 감미로운 DJ의 목소리가 있다. 한 번도 만나본 적 없는 사람이지만 그 목소리가 너무나도 촉촉해서 그날 하루의 마무리가 뿌듯해진다. 〈배미향의 저녁 스케치〉라는 프로그램인데, 중간에 '길에게 길을 묻다'라는 코너가 나온다. 배미향 DJ가 나긋나긋하게 코너명을 읊는 것이 아주 일품이다.

그렇지만 나는 처음 그 코너명을 듣고 의아했다. 도대체 '길'이 무엇을 의미하는, 혹은 상징하는 단어인지 혼란스러웠다. 그리고 길에게 길을 어떻게 묻는단 말인가. 무생물인 길에게 물은들 그 길이 답을 해줄 리 만무하지 않은가. 그래도 코너명으로 썼을 정도니 심오한 의미가 있을 것이라고 여기며, '두 번째 길'

은 도로 자체가 아니라 우리가 나아가야 할 올바른 방향을 뜻하는 것 아닐까, 혼자 괜한 고민을 해보기도 했다. 그 시간, 운전대 너머로 보이는 석양은 나에게 철학자의 두뇌와 심장을 선물했다. '길에게 길을 묻다'로 인해 나는 이렇게 가끔이나마 일상을 성찰하는 시간을 가질 수 있었다. 그리고 그 성찰의 과정에는 늘 독백이 함께했다.

바쁘게 사는 사람일수록 독백의 시간이 적다. 만나야 할 사람도 많은데, 자신을 되돌아볼 여유가 없다. 주변은 나를 필요로 하는 사람들로 넘쳐나고 처리해야 할 일은 산더미다. 그런 상황에서 차분하게 독백하며 성찰의 시간을 갖는 게 일종의 사치처럼 느껴지기도 한다.

그렇게 바쁘게 앞만 향해 달리다 보면 끝이 어딘지도 모르겠고, 문득 허무해지기 일쑤다. 무엇을 위해, 누구를 위해 살아가는지 혼란스러운 순간을 종종 경험한다.

대개의 경우, 우리는 본의 아니게 중요한 일에서 배제되었을 때, 혹은 의도치 않게 일을 그만두었을 때 성찰의 시간을 갖는다. 지금까지 내가 왜 이 길을 걸어왔는가? 이 길이 옳은 방향이었나? 이렇게 곰곰이 자신을 돌이켜보는 계기는 주로 '좋지 않은 일'로 인해 자의 반 타의 반으로 가던 길을 쉬어가야 할 때다. '어쩔 수 없이' 걸어온 길을 성찰함으로써 오히려 더 나은 길로 나아갈 경우도 많지만 말이다. 어쨌든 고립되고 외로워야 자신과 대화하는 시간이 늘어난다.

하지만 이제부터는 꼭 그럴 필요가 없다. 조금만 달리 생각하면, 굳이 절박한 상황에 몰리지 않더라도 일상에서 잠깐의 여유를 찾아내 자신을 성찰할 수 있다. 내가 나에게 묻고 나의 대답을 들으며 나를 돌아보는 시간은 하루 1분이면 충분하다. 그렇게 쌓아가는 대화의 작은 조각이 차곡차곡 모이면 크게 후회하지 않는 길로 걸어갈 수 있다.

## 독백이 꼭 필요한 삶

우리는 일상에서 다른 사람들과 늘 대화하며 지낸다. 대화 없이 사는 삶도 가능할 수는 있겠으나 온전한 인간관계가 부족한 결핍의 생활이기 십상이다.

말할 상대가 없다는 게 얼마나 참기 어려운 고문인지 우리는 여러 간접 경험을 통해 알고 있다.

다소 오래됐으나 큰 성공을 거둔 〈캐스트 어웨이〉라는 영화가 있다. 페덱스 직원인 톰 행크스는 하루하루 일에 치여 바쁜 삶을 살아가는 평범한 직장인이다. 그런데 비행기 추락 사고로 인해 무인도에 홀로 남겨진다. 말할 상대가 없어 외로움에 몸부림치던 그는 월슨이라는 스포츠 브랜드의 배구공을 친구 '월슨'으로 삼고 자신의 속내를 털어놓는다. 유일한 대화 상대였던 월슨이 없었다면 그는 아마 무인도 생활을 버티기 힘들었을 것이다. 우여곡절 끝에 월슨이 먼 바다로 떠내려가는 순간, 톰 행크스는 오열하며 삶의 의지마저 놓아버린다. 물론 영화의 결말에서 톰 행크스는 자신이 살던 곳으로 돌아간다. 하지만 배구공이자 친구였던 월슨과 4년이라는 시간을 대화하며 지낸 톰 행크스는 이전과는 다른 인생관을 갖고 살아간다.

영화에서 월슨은 사실 톰 행스크 자신이라고 보아도 무방하다. 월슨과의 대화는 자기 내면과 이야기하는 것이며 사실상 독백일 수 있다. 무인도에 갇히기 전, 그는 수많은 사람과 대화하며 바쁘게 살았으나 정작 자신을 돌아볼 여유가 없었다. 독백이란 것은 상상도 하지 못했다. 독백 같은 것을 할 이유는 꿈에도 없었다.

그러나 우리에게는 독백의 시간이 반드시 필요하다. 올바르게 살고 있는지, 혹은 무엇을 어떻게 하는 것이 옳은지, 하다못해 지금 어떤 상황에 처했는지 알기 위해서라도 나와의 대화는 중요하다.

물론 타인의 조언을 구함으로써 많은 깨달음을 얻을 수도 있다. 하지만 정작 나의 내면은 어떤 대답을 하고 있는지 모른다면 아무런 소용이 없다. 자기 내면에 귀를 기울여보자. 길에게 길을 묻는 것은 나와의 대화를 통해 나를 다시 발견하는 소중한 기회를 의미하는 것인지 모른다.

분이 차오를 때는 즉각 화를 내기보다

독백의 외침이 효과적이다.

조용하고 강력한 해법을 찾을 수 있다.

화를 못 참을 때의 나라면

## 생활 속 억울한 순간

어느 더운 여름날, 반가운 지인들과의 점심 약속 장소로 향하고 있었다. 막히는 도로를 지나 간신히 제시간에 도착했다. 빨리 차를 맡기고 식당으로 가려는 마음에 발레파킹 부스 앞에 차를 세웠다. 그런데 하필 부스에 사람이 없었다. 담당 직원이 아마 다른 차를 파킹하고 있는지 1분이 지나도 나타나지 않았다. 그 와중에 내 뒤에 차 한 대가 섰고, 그 뒤에 또 다른 차 한 대가 섰다.

시간이 점점 흐르던 중 맨 뒤에 있는 차가 경적을 울려대기 시작했다. "빵빵~~~." 그리고 또 "빵빵~". 그 음식점에 몇 번 가본 적 있는 나는 직감적으로 맨 뒤차 운전자가 줄을 잘못 섰음을 알았다. 그곳 입구에는 차선이 2개 있는데, 발레파킹을 맡기는 차

271

선은 오른쪽, 지하 주차장으로 내려가는 차선은 왼쪽이었다. 발레파킹 부스 앞쪽에서도 지하 주차장 입구로 접근할 수 있어 가끔 착각을 하고 그곳으로 들어서는 차들이 있었다.

맨 뒤차 운전자는 나에게 신호를 보내는 듯 "빵빵~"하며 재촉을 해댔다. 빨리 주차장으로 들어가라는 뜻이었다. 나와 내 뒤의 차는 발레파킹을 맡기기 위해 직원을 기다리는 중인데 말이다. 마치 내가 몰상식하게 주차장 입구에 차를 세워두고 있는 형국이 됐다. 사실 맨 뒤차 운전자는 차를 좀 후진해서 왼쪽 차선으로 진입하면 곧장 지하 주차장으로 들어갈 수 있는 상황이었다.

하도 답답하고 억울하기도 해서 일단 차에서 내렸다. 그리고 그 운전자를 향해 말했다.

"저는 발레파킹 맡기려 하고 있는 거예요. 지금 직원이 오기를 기다리고 있다고요."

뒤차 운전자는 아랑곳하지 않고 얼른 차를 빼라고 손짓했다. 내 말을 제대로 못 알아들은 것 같아서 나는 한 번 더 얘기했다.

"여긴 발레파킹하는 곳이에요!"

하지만 그 운전자는 한 번 더 "빵빵~"거리며 빨리 차를 빼라고만 재촉했다.

그때부터 나도 속에서 부아가 치밀어 오르기 시작했다. 건물 입구 주변에 있던 사람들이 차에서 내린 나를 쳐다보았다. 뭔가 재미난 구경이라도 난 듯 상황을 지켜보는 분위기가 확 느껴졌다.

'이것 보세요. 지금 줄을 잘못 서신 거예요. 발레파킹을 하려면 잠자코 순서를 기다리고, 직접 주차하러 가는 거라면 여기서 경적을 빵빵거릴 게 아니라 왼쪽 차선으로 빠지라고요!'

면전에 대고 이렇게 퍼부어주고 싶은 마음이 생겼다. 하지만 그럴 경우 망신스러운 상황이 벌어질 수도 있었다. 잠깐 망설이는데, 때마침 발레파킹 직원이 왔다. 나는 뒤차 운전자를 한 번 쳐다보고는 직원에게 자동차 키를 맡기고 건물 안으로 들어갔다.

지인들과 식사를 하면서도 내내 속이 불편했다.

억울하고, 창피했다. 좀 더 확실하게 그 운전자에게 설명을 해주지 못한 게 아쉬웠다. 처음부터 이곳은 발레파킹 차선이니 다른 쪽으로 가야 한다고 왜 말하지 않았을까. 그러면서 한편으로는 스스로를 위로했다. 자칫 말실수를 해서 일을 크게 만들 수도 있는 상황에서 그냥 물러난 게 다행이라며 말이다. 이런 생각 저런 생각을 하는 동안에도 마음이 안정되지 않았다. 기분이 오르락내리락하며 평온을 찾을 수가 없었다.

## 분을 풀어내는 독백

우리는 위와 같은 상황을 종종 겪는다. 막상 지나고 나면 점점 억울해지는 크고 작은 사건들 말이다. 그러나 일단 종결된 일은 돌이킬 수 없다. 잊어버리지 않고 속으로 끙끙 앓으면 나만 손해다. 그럴 땐 독백으로 실컷 욕을 해주는 것이 가장 확실한 해결책이다. 정말 제대로 하고 싶었던 이야기, 당시에는 깜빡 잊고 하지 못했던 이야기를 원 없이 속으로 퍼붓는 것이다.

처음에는 실제 상황인 듯 얼굴이 화끈거리며 기분이 나빠지지만 희한하게도 나중에는 속이 좀 풀린다. 하다못해 내가 진짜 화난 이유와 상대에게 지적하고 싶은 잘못을 종이에 써보는 것도 훌륭한 대안이다.

불같이 화를 내고 얼마 지나지 않아 후회한 경험은 누구에게나 있다. 욱하는 화를 참지 못하고 쏟아냄으로써 상대에게 씻기 힘든 상처를 입힌 경험도 있을 것이다. 그렇지만 부글거리는 분노를 삭이기만 하면 오히려 내 마음속에 화병만 키운다. 화는 어떻게든 표출하는 것이 정신 건강에 좋다.

그러니 참을 수 없이 분한 상황에서 자칫 큰 실수를 하고 싶지 않다면 일단은 속으로 내가 화난 이유를 쏟아붙이는 방법을 추천한다. 속으로 분을 풀어내며 이 얘기 저 얘기 하다 보면 의외로 분노의 본질을 차분하게 생각할 여유가 생긴다. 내가 정말 원한 것은 무엇이고, 내가 지금 왜 이토록 분이 오르는지 찾아낼 수 있다. 생사를 좌우할 엄청난 범죄가 아닌 바에야 이렇게라도 마음의 평온을 찾도록 하자.

미국의 계몽사상가 벤저민 프랭클린은 이 세상에 세 가지 단단하고 어려운 것이 있는데, 강철·다이아몬드 그리고 자기 자신을 아는 게 그것이라고 했다. 화가 나서 마음이 불편할 때, 남에게 하소연해봐야 그들이 내 마음을 온전히 알아주기는 힘들다. 그렇다고 마음이 다 풀리지도 않는다. 괜히 불평 많은 사람으로 여겨질 수도 있다. 그럴 때는 나와 대화하며 화를 풀어내자. 그것이야말로 아무에게도 흉잡히지 않는 명쾌한 해결책이다.

험담의 주인이 되는 말의 비밀

험담을 하고 싶을 땐 무조건 한 박자 쉬고

자기 자신에게 먼저 말하라.

험담을 하면 할수록 우리는 험담의 노예가 된다.

## 험담의 노예 되지 않기

어떤 비밀을 알고 있을 때는 내가 그 주인이지만, 그걸 발설하는 순간부터 나는 비밀의 노예가 된다는 말이 있다. 이와 비슷한 예로, 누군가의 험담을 늘어놓았을 때부터 나는 내가 뱉은 말의 노예가 될 수 있다. 내 험담을 들은 상대가 그 말을 당사자에게 옮기거나 무심코 내뱉은 남의 험담이 흘러 흘러 당사자의 귀에 들어간다면 낭패다. 아무리 입단속을 하고 주의를 주더라도 나의 입 밖으로 새어나간 얘기가 무덤까지 가는 경우는 희박하다고 보면 된다. 대개, 내 의지만으로는 이런 상황을 통제할 수 없다.

내가 아는 지인 한 명은 대화할 때 누군가의 험담을 아무렇지도 않게 하곤 했다. 그중엔 심각한 얘기도 있고, 옷차림새 같은

277

사소한 얘기도 있었다. 딱히 대세에 큰 지장 없는 사안도 굳이 좋지 않은 시선으로 지적하는 경우가 잦았다. 그럴 때마다 남 얘기에 어떻게 맞장구를 쳐줘야 할지 난감해서 그냥 적당히 얼버무리는 식으로 답하곤 했다. 그는 심지어 누군가 어떤 사람을 칭찬하면 그 얘기를 듣다가도 "사실은 말이야, 그 사람이……" 하며 뭐든 좋지 않은 말을 하나 덧붙이는 게 습관이었다.

그런 일이 반복되니 나도 슬슬 걱정이 되면서 께름칙해지기 시작했다. 그가 분명 자신의 다른 지인들에게 나에 대한 좋지 않은 이야기도 할 것 같았기 때문이다. 세상에 완벽한 인간은 없듯 나도 완벽하진 않으므로 흠을 잡으려 하면 얼마든지 잡을 수 있지 않겠나 싶었다.

아니나 다를까, 그의 험담은 일관성이 있었다. 하루는 내가 모임 장소를 골라야 하는 임무를 맡았는데, 나름 머리를 써서 적당한 음식점을 선정했다. 험담을 많이 하는 그 지인에게 의견을 물으니 역시 좋다고 찬성했다.

그런데 공교롭게 그날따라 음식도 늦게 나오고 가격도 생각보다 비쌌다. 참석자 중 한 명이 약간의 불만을 내비치자마자 그 험담꾼이 나지막한 목소리로 말했다.

"쟤가 정했는데 왜 그랬는지 이해할 수가 없네."

나도 모르게 얼굴이 붉어졌다. 듣지 말았어야 할 얘기를 들은

것 같았다. 언제 어디서건 남의 흉을 잘 보는 사람은 결국 내 흉
도 본다는 걸 확인한 순간이었다.

어느 조직에서든 높은 위치에 오른 사람은 남 험담을 덜 하는
경향이 있다. 남에 대한 좋지 않은 얘기는 좀 덜 표출하고, 기분
이 나쁘더라도 적당히 넘어간다. 그들이라고 불만이 전혀 없는
것은 아닐 텐데, 험담은 하지 않는 게 상책이라는 걸 사회생활을
통해 배웠기 때문일 것이다. 그런 사람은 직원에게 불만이 있을
경우 당사자 앞에서 따끔하게 얘기하고 거기서 딱 마무리한다.

누구든 비록 본인이 명백히 잘못했더라도 자기 험담을 하는
사람에게는 반감을 갖기 마련이다. 그러니 잦은 험담은 인간관
계에서 인심을 잃는 지름길이다. 험담을 할 바에는 당사자에게
직접 주의를 주는 게 백배 낫다.

험담을 하면 할수록 자신이 뱉어낸 험담의 노예가 된다. 그 험
담이 돌고 돌아 언제 어떻게 누구에게서부터 문제가 될지 모른
다. 당연히 노심초사할 수밖에 없다. 행여 이조차 인식하고 있지
못하다면 험담으로 인해 오히려 자기 자신이 느닷없이 난처한
상황에 처할 확률 100퍼센트다.

## 험담을 털어놓을 시간

군이 남 험담을 해서 얻을 것은 없다. 냉정하게 보면 이미지만 나빠질 뿐이다. 그럼에도 불구하고 누군가의 흉을 보지 않고는 도저히 못 견디겠다면 그때야말로 자신에게 말할 시간이다.

'도대체 쟤는 왜 매번 옷을 저런 식으로 입을까.'

'정말 저런 말투는 참아주기 힘들군.'

'난 이 사람과 함께 프로젝트를 하는 게 피곤해.'

'똑같은 실수를 밥 먹듯이 하는 걸 보니 머리가 참 나쁜가 봐.'

이런 말은 남에게 해봐야 나에게 득 될 게 하나도 없다. 말한다고 해서 상황이 나한테 유리하게 바뀌지도 않는다. 그리고 험담으로 이루어지는 대화는 서로의 영혼을 갉아먹을 뿐 딱히 건설적이지도 못하다.

하지만 속으로 나 혼자 하는 말이라면 이보다 얼마든지 더 심한 얘기를 해도 상관없다. 당장 내 안의 스트레스를 조금이나마 풀어낼 수 있는 응급 처방도 된다. 나만 들을 수 있는 고요한 독백은 절대로 밖으로 새어나갈 일이 없다. 나에게 조용히 쏟아부은 온갖 험담으로 인해 그 당사자와의 관계가 껄끄러워질 일도 없다. 너무 위선적이라고? 아니다. 융통성 있는 행동이다.

남에 대한 험담을 비밀처럼 간직할수록 유리한 또 하나의 이유는 내 판단이 늘 옳을 수는 없기 때문이다. 상대를 오해할 수도 있고 내 생각이 완전히 틀렸을 수도 있는데, 그새를 못 참고 험담을 늘어놓는 건 실수치고는 너무 큰 실수다.

언젠가 작은 일식집에 스시를 먹으러 간 적이 있다. 그곳은 주차 공간도 협소했다. 기껏 두 대 주차가 가능했고 그마저도 안쪽에 먼저 주차한 차를 가로막게 되는 구조였다. 나는 먼저 주차된 차 앞쪽에 주차하고 식당으로 들어갔다. 식사하는 동안 내 맞은편에 앉은 한 남자가 좀 거슬렸다. 작은 음식점 공간에서 큰 목소리로 말하는 모습이 마냥 싫었다. 그래서 바로 그 사람에 대한 험담을 시작했다. 왜 저렇게 말을 크게 하는지, 교양이 없는 거 아닌지, 남에 대한 배려는 찾을 수 없다는 등 온갖 험담을 늘어놓았다.

우리보다 먼저 식사를 시작한 그 남자의 일행은 먼저 식당을 나섰다. 그 모습을 보고 나는 이제 저 시끄러운 사람이 나갔으니 조용히 나머지 식사를 즐길 수 있겠다고 말했다. 디저트까지 챙겨 먹고 식당 밖을 나서는 순간, 아차 싶었다. 시끄럽다며 내가 험담했던 그 남자가 자신의 차 앞에서 혼자 담배를 피우며 서 있는 것 아닌가.

"이 차 주인이세요?"

"아, 네, 그렇습니다."

"아까 식사를 마치신 것 같은데, 차를 빼달라고 하지 그러셨어요?"

"아닙니다. 즐겁게 식사하시는 데 방해하기 싫어서요. 좀 기다리면 식사를 마치고 나오실 것 같아서 바람도 쐴 겸 기다렸습니다."

밤이라 잘 안 보였겠지만 내 얼굴은 빨개졌다. 이렇게 남을 배려하는 사람일 줄이야. 냉큼 험담부터 시작한 내 말을 주워 담지도 못하고, 함께 있던 일행에게 그리고 나 스스로에게 부끄러웠다. 돌이켜보면 그 남자는 자신의 지인들과 그저 평범한 대화를 했을 뿐이고, 식당이 좁아서 그 목소리가 나에게까지 들렸던 것뿐이고, 나 혼자 그게 거슬렸던 것뿐이다.

속으로 험담할 게 아니라면, 험담하는 시간은 늦으면 늦을수록 좋다. 이번 기회 말고 다음 기회에 하겠다는 심정으로 기다리면 더 좋다.

자신의 잘못을 질책하는 나의 말은

나를 성장하게 만든다.

자신의 부끄러운 실수를 외면하지 않고 스스로에게

고백한다면 그때부터 나는 자유를 얻는다.

나를 더 단단하게 해주는 나와의 대화 순간을

반드시 놓치지 말자.

## 바보 같은 나에게

"어휴! 바보 아니야?"

"도대체 난 왜 이러는 거지?"

"또 이러니? 언제까지 이럴 건데!"

나도 내가 하도 답답해서 이런 말을 혼자 중얼거릴 때가 있다. 실수를 했거나, 배운 대로 하지 못했거나, 잘 알지 못해서 틀리거나, 일을 그르쳤을 때다. 무의식중에 나를 혼내고 야단치는 말이다. 적절한 정도의 질책은 오히려 나에게 도움이 된다. 똑같은 실수를 반복하지 않도록 다짐하는 적당한 긴장감은 정신 건강에 좋다.

오히려 남 탓하며 누군가를 비난하는 것보다 바람직하다. 그런 사람들은 당장 잘못을 면피할 핑곗거리는 찾았을지 모르나 자기 계발이나 발전 가능성은 희박하다. 적당한 때에 적정한 자기비판을 함으로써 우리는 좀 더 성장할 수 있다. 또한 자기 행동에 책임을 지고 그 책임 역시 스스로 감당하는 사람이라면 자존감이 높기 마련이다. 이런 사람일수록 무언가를 성취했을 때 느끼는 만족감 역시 더 크다. 반면, 좋지 않은 결과를 두고 남 탓을 자주 하는 사람일수록 행복지수가 낮다.

내가 잘못했을 때, 스스로에게 타박하는 말이 꼭 나쁘지만은 않다. 문제는 그 정도가 지나칠 때다.

"난 정말 제대로 하는 일이 없어."

"나야말로 쓸모없는 사람 같아."

"나는 존재 가치도 없어."

자신에게 책임을 묻는 것까지는 좋지만 그것이 너무 가혹해서는 안 된다. 이런 말을 반복하다 보면 내 안의 자존감을 갉아먹는 독이 될 수 있다. 특히 누군가 나에 대해 나쁜 말을 할 때 스스로 자신의 방패가 되지 못하고 무너지는 것만큼은 막아야 한다. 남들이 아무렇지도 않게 던지는 부정적인 얘기가 나쁜 영향을 미치지 못하도록 다독이는 말로 내가 나를 추슬러야 한다.

디지털 세상에서는 누군가 작은 실수라도 하면 익명의 사람들까지 모조리 덤벼들어 집단적 비난을 퍼붓는다. 이를 견디지 못하고 극단적 선택을 하는 비극도 일어난다. 그만큼 우리는 작은 잘못에도 자칫 수많은 비난에 직면할 위기를 감수하며 살아가고 있다. 이럴수록 아무리 내가 바보 같아도 너무 심한 말로 스스로를 꾸짖지 말자. 누구보다도 내가 먼저 나를 위로하는 말을 해야 한다.


## 부끄러운 나에게


누구에게나 더 이상 생각하기도 싫은 부끄러운 일이 있기 마련이다. 드러내고 싶지 않은 '흑역사'가 단 하나도 없는 사람이 과연 있을까. 내가 했던 말, 내가 했던 행동이 유치하고 부끄러워서 쥐구멍에라도 숨고 싶을 때야말로 나를 속이는 말을 더욱 경계해야 한다.

"그 일은 그냥 넘어가자."

"떠올리기도 싫으니 잊고 다른 생각이나 해야지."

"그건 내 잘못이 아니니까 뭐."

창피한 일이 있을 때 애써 피하거나 외면한다면 언젠가 그 기분 나쁜 기억이 되살아나서 나를 괴롭힐 가능성이 있다. 당장 부끄럽더라도 잘못을 조목조목 따지고 넘어가야 그 뿌리를 뽑아 깨끗이 잊을 수 있다는 사실을 꼭 기억하자. 이때의 대화는 남에게 굳이 들려줄 필요가 없다. 나에게 속삭이듯 잘잘못을 따지면 된다.

"너 그때 왜 그랬니? 그게 잘못된 일인지 알고는 있지?"

"그때 이렇게 한 말이 정말 큰 실수였던 거야."

"내일이라도 미안하다고 사과해야지."

나를 속이는 말은 서서히 내 양심을 갉아먹으며 끝내는 나를 비겁한 인간으로 전락시킨다. 하지만 너무 부끄러워 감추고 싶은 일이라도 그 잘못을 인정하는 순간부터 나는 그 일의 굴레에서 벗어나 자유로워진다. 굳이 남들 앞에서 고백성사를 할 것까지도 없다. 나만 듣게 나에게 속삭이면 된다. 그 말을 듣는 것만으로도 충분히 치욕스러울 테니 말이다.


리플리 증후군이란 것이 있다.

있지도 않은 사실, 내 머릿속에서 만들어낸 허구의 세상 속에 나를 데려다놓고 그것을 현실이라고 인식하며 지내는 것을 말한다. 심하면 정신병이지만 경미한 정도의 리플리 증후군은 우리 주변에서 쉽게 발견할 수 있다. 학력을 위조하고, 빚을 내서 명품을 구매하고, SNS 계정에 포토샵으로 잔뜩 치장한 호화로운 사진만 올려놓는 것도 일종의 리플리 증후군이라고 볼 수 있다. 사람은 공허할수록 자신을 속이기 마련이다. 당장 직면한 부정적 감정을 외면하며 도망치고 싶기 때문이다.

이렇게 자신을 속이며 살아가는 순간, 나를 돌아보고 정직하게 스스로에게 건네는 말 한마디가 이 모든 것을 바로잡는 열쇠다.

"넌 지금 그래서 진짜 행복하니?"

"이게 사실은 아니잖아."

"이런 위선은 좀 창피한 거 아닐까?"

애써 현실을 외면하고 있는 부끄러운 나에게 돌직구를 던질 수 있는 사람은 바로 나 자신이다. 어차피 나만 알고 있는 일이기에 이런 대화는 아무도 모르게 내 잘못을 되돌려놓을 수 있는 절호의 기회다.

내가 스스로를 속이는 거짓말을 해도 남들은 알지 못한다. 그렇다고 해서 사실이 아닌 일이 진실로 바뀌지는 않는다. 세상 모든 사람이 다 모른다고 해도 가장 중요한 사람인 나, 바로 내가 알고 있지 않은가.

나를 훌륭하게 만드는 것은

내가 스스로에게 해주는 격려의 말이다.

내 안에 심어둔 내 말의 씨앗이 결과를 만든다.

이렇게 하면 다 잘될 거야

## 다 잘되는 마법의 말

살다 보면 문득 앞이 캄캄하고 답답해질 때를 경험한다. 나에게도 그럴 때가 종종 있었는데 지금까지 잊히지 않는 순간이 있다.

박사 공부를 마치고 학술지 논문을 정말 열심히 쓰던 시절이었다. 교수로 임용되기 위해서는 논문 실적이 매우 중요했다. 마감을 코앞에 둔 어느 날, 논문의 방향성이 내 의도와 다른 쪽으로 가는 듯했다. 갑자기 앞뒤가 전혀 맞지 않는 것 같은 느낌이 들면서 더 이상 진도를 나가지 못할 만큼 절박해졌다.

시간은 이미 새벽 3시가 넘었다.

피곤하기도 하거니와 갈피를 잡지 못하는 와중에 눈물이 나기 시작했다. 컴퓨터를 부여안고 평평 울었다. 한동안 그러고 있다가 속으로 나 자신에게 말하고 있는 나를 발견했다. 나는 어떤 일이 닥쳤을 때, 특히 암담하고 어찌할 바를 모를 때, 혼자 속으로 말하는 버릇이 있다.

"다 잘될 거야. 잘하고 있어!"

평소 같았으면 낯간지러울 법한 광경이지만 막상 내 일로 닥치고 보니 그 말은 꽤 힘이 됐다. 그래서 자꾸 되뇌었다. 잘될 거라고.

그래서 실제로 잘되었느냐고?

여하튼 교수로 임용도 됐고 학자로서 활동하며 꽤 많은 학술 논문도 출간했으니 해피엔딩이었다고 생각한다. 물론 그 후로도 논문은 수도 없이 썼다. 그때마다 모든 일이 착착 진행된 것은 아니지만 스스로를 격려하는 습관이 큰 도움이 되었던 것만은 확실하다. 그리고 언론학자로 활동하며 다양한 논문을 접하다 보니, 스스로를 격려하는 혼잣말이 집중력과 수행 능력을 높여주고 심리적 안정까지 제공하는 유의미한 효과가 있다는 것도 알았다. 실제로 여러 실험 결과가 이런 사실을 검증한 것이다.

내가 스스로에게 말하는 버릇은 어릴 때부터 있었다. 오래 걷다가 힘들어지면 "거의 다 왔어. 지금껏 잘 왔으니 조금만 더 힘내자"라고 말했고, 입사 시험 준비를 하다 막막해지면 "경쟁이 치열해도 잘될 거야. 최선을 다하자" 이렇게 말했다. 크고 작은 시험에서 면접관 앞에 설 때면 "떨지 말고 차분하게 있는 그대로 말하자. 분명 좋은 인상을 줄 테니까"라고 말하곤 했다. 그리고 대개는 좋은 결과를 낼 수 있었다. 물론 스스로에게 말하기의 마법이 어디에서나 늘 통하는 것은 아니지만 말이다.

누가 시킨 일도 아니고 배워서 한 행동도 아니다. 나도 모르게 이런 습관을 갖게 됐다는 것은 정말 큰 행운이다. 그래서 이 좋은 습관을 널리 알리고 싶다. 분명 효과 있는 특효약이다.


## 말의 씨앗 심기

말은 씨가 된다.

말의 힘은 눈에 보이지도 않고 손으로 만질 수도 없지만, 내가 듣는 말은 내 안으로 들어와 막강한 저력을 뽐낸다. 돈 한 푼 들이지 않고 큰 노력도 필요 없는 말의 힘은 실로 크다. 그것은 마치 내 몸을 이루는 세포와 같다. 내가 나에게 하는 말은 나의 뇌를 자극하고 나의 온몸으로 퍼져나간 뒤 궁극적으로는 나의 사고와 태도와 행동을 자극하는 촉매제가 된다. 그래서 말은 나의 마음가짐을 바꿔놓을 수도 있고, 지금껏 상상하지 못했던 일을 거뜬히 완수하도록 만들 수도 있다. 나에게 가능한 한 좋은 말을 많이 해줘야 하는 이유다.

말은 씨가 된다.

부정적 씨앗을 심으면 당연히 썩은 열매가 맺히고, 긍정적 씨앗을 심으면 탐스럽고 아름다운 열매가 맺힌다. 말의 씨는 이토록 중요하기 때문에 내가 나에게 어떤 말을 하고 있는지, 나와의 대화는 주로 어떤 내용으로 이루어져 있는지 신경 써서 귀 기울여야 한다.


말의 힘을 증명하는 유명한 실험들이 있다.

그중 한 예가 양파 실험이다. 동일한 종류의 양파들을 각기 다른 장소에 심어놓은 뒤 한 곳에서는 좋은 음악을 들려주고, 다른 곳에서는 욕을 들려주었다. 그렇게 보름을 키운 양파는 상이한 모습으로 성장했다. 음악을 들은 양파들은 모두 고르게 잘 자랐으나 욕을 먹은 양파들은 성장 상태가 고르지 않고 제대로 자라지도 못했다.

흰밥을 가지고 아나운서실에서 실시한 또 다른 실험도 있다. 흰밥을 2개의 컵에 담아놓은 다음 한 컵에는 고맙다는 말을 지속적으로 들려주고, 다른 컵에 대고는 짜증난다는 말을 반복했다. 물론 똑같은 아나운서들이 똑같은 빈도로 말을 했다. 한 달 동안 이어진 이 실험 결과, 고맙다는 말을 들은 흰밥에서는 구수한 누룩의 향이 났으나, 짜증난다는 말을 들은 흰밥에서는 고약한 곰팡이 냄새가 났다.

마지막으로, 조금 더 구체적인 말을 가지고 실시한 의과대학의 실험이다. 애기장대를 각각의 장소에 심어놓고 한쪽에는 매일 긍정의 말을 두 번씩, 다른 한쪽에는 부정의 말을 열 번씩 들려줬다. 긍정의 말로는 '너는 특별해', '특별한 존재야', '자랑스럽다', '건강하게 잘 자라' 같은 이야기를 들려줬고, 부정의 말로는 '너는 보잘것없어', '쓸모없어', '넌 버림받았어', '곧 죽을 거야'라고 했다.

그 결과, 긍정의 말을 들은 식물이 훨씬 건강하게 잘 자랐다. 그리고 또 하나 놀라운 사실은, 비록 동일한 환경이지만 기계가 하는 긍정적 이야기를 듣고 자란 식물보다 사람이 진심을 담아 한 말을 듣고 자란 식물이 더 잘 성장했다는 것이다.

식물도 이럴진대 하물며 사람에게는 어떻겠는가. 진심이 담긴 긍정의 말은 나의 삶을 바꿀 만큼의 에너지가 있다. 남과의 대화도 중요하고, 남에게 전달하는 좋은 메시지도 중요하다. 하지만 때때로, 스스로에게 건네는 격려가 나를 성장시키는 마법의 묘약이 된다.

자기 자신과 대화할 수 있다면 외로울 것도 없다. 나는 내가 어떤 말을 해도 비판하지 않고 묵묵히 들어주는 훌륭한 대화 상대다. 변함없이 항상 그 자리에서 나를 기다리는 대화 상대가 바로 나 자신이다. 그러니 앞으로는 이 말을 나에게 더 자주 들려주자.

"너는 다 잘될 거야!"

"저는 물론 자유를 생각했죠. I was thinking, of course, of freedom."

별생각 없이 한 말이 역사에 남고는 한다.

아니, 사실은 화자가 자신도 모르게 항상 생각하고 있던 무언가를 어떤 계기로 세상에 내뱉는 것일지도 모른다.

그 이면엔 그 말을 이끌어낸 상대방이 있기 마련이다. 그 상대방은 기자일 수도, 아나운서일 수도, 아니면 하루하루의 생활에서는 친구·연인·부모 누구라도 될 수 있다.

말을 하는 사람, 말을 이끌어내는 사람.

대화의 양쪽은 모두 중요하다.

"저는 물론 자유를 생각했죠."

이는 남아프리카공화국의 국부 넬슨 만델라가 한 말이다. 2000년 5월 미국의 유명한 앵커 래리 킹과의 인터뷰에서 만델라 자신이 27년간의 수감 생활 끝에 석방된 순간을 회상하면서다.

"저는 원래 예상 같은 것을 잘 못하거든요. I'm very bad at anticipation."

자신은 그저 몇 명의 지인만 나와 있을 것으로 생각했는데, 교도소 문을 나서자 수천 명의 군중이 자신을 향해 환호하고 있어 당황했다는 것이다. 그는 어쩔 수 없이 손을 흔들며 밖으로 걸어 나왔다.

나는 어쩌면 만델라의 생애를 가장 함축적으로 웅변하는 저 멋있는 말, "저는 물론 자유를 생각했죠"가 어떤 질문으로부터 발설되었는지 궁금했다. 그건 어찌 보면 허탈하고, 어찌 보면 너무나 자연스러운 질문이었다.

"걸으면서 무슨 생각을 하셨나요? What were you thinking, as you walked?"

아주 단순하고 즉흥적이다. 하지만 상대방의 말에 몰입해 그 사람의 머릿속에 그려지는 풍경을 함께하고 있지 않았다면 쉽게 생각해낼 수 없는 질문이다.

래리 킹은 언젠가 자신의 인터뷰 비법에 대해 "내가 한 일은 짧고 간결한 질문을 한 것뿐"이라면서 "인터뷰 대상자가 스스로 설명할 수 있도록 유도했다"고 밝혔다.

어느 날, 나에게 생각지도 않게 대담 인터뷰를 할 기회가 생겼다.

비록 내가 래리 킹 같은 세계적 앵커는 아니었지만, 지금까지 기자·아나운서·교수라는 직업을 거치며 많은 사람과 대화를 해왔고, 대부분은 가히 성공적이었다고 자부한다.

〈황유선이 만난 사람〉이라는 타이틀을 달게 된 1년간의 대담 인터뷰를 덜컥 수락하며 '잘해낼 수 있을까'에서 '잘할 수 있을 거야'로 생각이 바뀌었고, 이내 '꼭 멋지게 잘해낼 거야' 하는 다짐이 섰다.

1년 동안 24회의 대담 인터뷰를 게재했는데 대상자는 총 26명이었다. 대담 인터뷰 하나하나 정성을 들였고 최선을 다했다. 그 과정에서 내가 기자와 아나운서 생활을 하며 체득한 대화의 노하우를 총동원했다. 나는 언론인으로 사회생활을 시작했고, 나의 언론학 박사 학위도 대인 커뮤니케이션에 바탕을 두었다. 20년이 조금 넘는 이 기간을 통해 익힌 실전 경험과 이론적 지식을 최대한 쏟아부었다.

대담 인터뷰는 진지한 대화다. 이때, 대화의 기술은 매우 중요하다. 기술에 따라 최고의 대화가 만들어지기도 하고, 허접하고 별 의미 없는 잡담이 되기도 한다. 심지어 그 대화 속에는 인간 성찰과 철학적 사유 같은 형이상학적 관념도 포함된다. 의상, 시선 처리, 자리 배치 등 부수적이라고 여기는 사안조차 대화의 성패에 유의미한 영향을 미친다. 하나의 대화를 완성하기 위해 고려해야 할 사항이 수십 가지다. 무엇보다도, 대화는 사람과 사람의 만남이다. 대화는 매우 섬세하고 유기적이라 한시도 긴장을 늦출 수 없다.

이 책을 통해서 나는 대화의 노하우를 전달하고자 했다. 장래의 언론인을 꿈꾸는 지망생들에게는 분명 도움이 될 것이다. 일상을 살아가며 인간관계를 성공적으로 수행하고자 하는 사람들에게는 특히 유용하다. 아울러 지금보다 조금 더 나은 화술을 구사하고 싶은 이들에게도 일독을 권하고 싶다.

우리는 처음 보는 사람, 잘 보여야 하는 사람, 정보를 얻어내야 하는 사람들과의 대화를 앞두고 큰 스트레스를 받는다. 그런 대화를 피할 수 없다면 잘할 수 있는 방법을 알아두는 것이 좋지 않겠는가. 성공적인 대화는 성공적인 사회생활과도 가깝다. 대화의 기술은 곧 대인관계의 기술이기 때문이다.

지나고 보니, 아주 예전 몸담았던 KBS 아나운서라는 경험이 영원히 따라붙었다. 방송을 그만두고 박사 학위를 받은 뒤 연구원 생활을 할 때도, 교수로 재직할 때도 학자가 아니라 전직 아나운서라는 점이 늘 더 부각됐다. 처음엔 그게 싫었다. 열심히 공부해서 박사 학위 받고 학자의 길을 가는데 자꾸만 아나운서라는 굴레로 묶으려는 시선이 기분 나빴다. 심지어 아나운서 출신이기에 '스피치 커뮤니케이션', '화법'만 가르치고 전임교수도 아닐 거라는 인식이 있었다. 참고로, 스피치 커뮤니케이션과 화법은 나의 세부 전공이 아니다. 나에겐 다만 풍부한 현장 경험이 있을 뿐.

그러나 이제는 깨달았다. 사람들이 어쩌면 나에게 그런 영역의 노하우를 기대하는 건지도 모른다는 걸, 내가 하고 싶은 공부도 중요하지만 세상에 필요한 지식도 큰 의미가 있다는 걸. 그러다가 개인의 대화 역량이 가장 부각되는 신문 대담 인터뷰를 1년 진행했으니 대화법에 대한 나만의 노하우를 정리해보자는 생각이 들었다.

에필로그

이 책에는 여러 대화, 그 대화를 이루는 갖가지 질문과 대답이 나온다.

나의 대화 상대들이 작정했거나, 아니면 우연이었거나 내 마음 깊이 파고들었던 의미 있는 말들을 소개하면서, 그 말들이 대화 속에 담길 때의 상황과 감상을 함께 나누고자 했다.

필요한 사람들에게 소중한 지식이 될 수 있기를 바라며 겸손한 마음으로 이 책을 세상에 내놓는다.

이것이 대화다.

다시,
　　대화가
필요한 시간

**1판 1쇄 인쇄** 2020년 12월 21일
**1판 1쇄 발행** 2020년 12월 28일

**지은이** 황유선
**발행인** 허윤형
**펴낸곳** (주)황소미디어그룹
**출판등록** 2009년 3월 20일 제313-2009-54호
**주소** 서울시 마포구 양화로 26, 704호
**전화** 02 334 0173 **팩스** 02 334 0174
**포스트** post.naver.com/hwangsobooks
**이메일** hwangsobooks@naver.com
**인스타그램** @hwangsobooks

ISBN 979-11-90078-15-3 03810
ⓒ 2020 황유선